左海星辰

谱写新时代福州新篇章

主编

中共福州市委宣传部
福州市文学艺术界联合会
福州日报社
中共闽侯县委宣传部

人民日报出版社

图书在版编目(CIP)数据

左海星辰：谱写新时代福州新篇章 / 中共福州市委
宣传部等主编 . -- 北京：人民日报出版社，2022.12
    ISBN 978-7-5115-7573-9

    Ⅰ . ①左⋯ Ⅱ . ①中⋯ Ⅲ . ①中国文学—当代文学—
作品综合集 Ⅳ . ① I217.1

    中国版本图书馆 CIP 数据核字（2022）第 211543 号

书　　名：左海星辰——谱写新时代福州新篇章
　　　　　ZUOHAI　XINGCHEN
　　　　　PUXIE　XINSHIDAI　FUZHOU　XINPIANZHANG
编　　者：中共福州市委宣传部
　　　　　福州市文学艺术界联合会
　　　　　福州日报社
　　　　　中共闽侯县委宣传部

出 版 人：刘华新
责任编辑：朱小玲

出版发行：人民日报出版社
社　　址：北京金台西路 2 号
邮政编码：100733
发行热线：(010) 65369509　65369527　65369846　65369512
邮购热线：(010) 65369530　65363527
编辑热线：(010) 65363486
网　　址：www.peopledailypress.com
经　　销：新华书店
印　　刷：三河市华东印刷有限公司
法律顾问：北京科宇律师事务所　010-83622312

开　　本：710mm×1000mm　1/16
字　　数：230 千字
印　　张：15
版次印次：2022 年 12 月第 1 版　　2022 年 12 月第 1 次印刷

书　　号：ISBN 978-7-5115-7573-9
定　　价：68.00 元

本书编委会

主　任　陆　菁

副主任　楼卫东　陈　昕　陈　昱
　　　　陈滨峰　张　弛

主　编　金麦子　林朝晖　王　震　陈宗兴

副主编　万小英

编　委　陈曦芸　朱欢欢　鄢秀钦

2022 年是党的二十大召开之年，也是"实现中华民族伟大复兴的中国梦"提出十周年，对福州而言，还是"3820"战略工程实施三十周年。

仰望星空，脚踏实地；乘风破浪，奋楫扬帆。三十年间，福州坚持"3820"战略工程思想精髓不动摇，一任接着一任干，一张蓝图绘到底，特别是党的十八大以来，牢牢把握新时代新机遇，不断开创现代化国际城市建设的崭新局面。

接续追梦，踔厉奋发，我们的征途是星辰大海。今年 7 月起，中共福州市委宣传部、福州市文学艺术界联合会、福州日报社、中共闽侯县委宣传部联合主办"左海星辰——坚持'3820'战略工程思想精髓 喜迎二十大"征文活动，通过文学作品彰显有福之州、幸福之城的独特魅力，展现全市上下朝气蓬勃、奋发向上的精神风貌。至 9 月截稿，组委会共收到全国各地投来的散文、诗歌等作品 300 余件，涉及山海城市、闽都文化、绿色之城、平安福州、乡村振兴等方面，经过专家评审，精选 70 余篇作品结集出版，以飨读者。

福州别称左海，是一座山海之城，三面环山，一面向海，山做脊，水为魂，日月经天，江河行地。"山海城市"篇中，《潮平两岸阔》奏响了现代"耕海牧歌"，"振海""振渔""振鲍""泰渔""福鲍""定海湾""宏东"等高科技养殖平台，如一座座钢铁岛屿屹立在连江深水海面上，推动海洋经济高质量发展，助力打响海上福州国际品牌；《又见鼓岭》带人们邂逅"清风、薄雾、柳杉"，探秘"左海小庐山"的前世今生，追寻郁达夫、庐隐在鼓岭的足迹，做一回"人间第一幸福人"；乌龙江浩浩荡荡，在《美丽的龙祥岛和塔礁洲》里，可见稻浪翻滚、鱼肥水绿，可见长洲蜿蜒、长虹飞架……

福州，一方福佑之地、幸福之乡，沐其恩泽，我们愿做知福之人。"有福之州""福中知福"两大篇章中，远在北京的文学大家谢冕在《有幸生在幸福之乡》里写下了对故土的深情告白，《霞光般撒开的路网》记录了福州现代化立体综合交通运输体系如霞光般灿烂的发展历程，《从春风到秋月》讲述了政府保障性住房是如何改变困难群众生活、让他们的四季变得从容又诗意的；《"福建"之悟》《闽都福文化浅议》《这一方福佑之地》等深度好文是对绵延的福文化的剖析、思考；清新小品文，诸如《福州的冬天》《一蔬一饭是人生》，让人在时序变迁、草木兴衰中感知人间烟火。

福州，孕育了千年的闽都文化，"打响闽都文化国际品牌"已成为福州建设现代化国际城市的重要内容。"闽都文化"篇详细介绍了福州的书院文化、理学文化、温泉文化、龙舟文化，以及评话这一古老的曲艺文化，延续千年文脉，守护闽都之魂。

福州，一座"千园之城"，全市公园总数近 1500 座。绿色，已成为这座城市经济高质量发展、人民生活幸福安宁的最美底色。"绿色之城"篇里，《流香聚福安泰河》的作者踏歌而行，在葱郁的榕树"隧道"里，在清凌凌的安泰河水光里，忆古惜今，许下"流香聚福奔涌不息，年年岁岁"的美好愿望。琴亭湖公园映山红娇艳如火，郊野公园层林叠翠，牛岗山公园垃圾山变城市绿肺……《千园之城，花开不谢》《琴亭湖畔映山红》《"福山"青绿》等文章，为我们描绘了一幅青山叠翠图，一起见证"推窗见绿、出门见园、行路见荫"的美好愿景化为现实。

新发展格局下，如何更好地实施乡村振兴战略？答案就写在福州广袤的农村大地上。"闽侯风采"篇中，《花香的土地》《旗山脚下茉莉情》《七碗锅边》《老国道》等文章，从一朵花、一碗锅边、一条路说起，从细节处再现"科教名城、产业强城、宜居新城"的首邑异彩。闽清莲花山下"莲·廉"文化、五彩南岭、古村梁厝……在希望的田野上，"三农"新蓝图正在徐徐绘就。

党的二十大提出："从现在起，中国共产党的中心任务就是团结带领全国各族人民全面建成社会主义现代化强国、实现第二个百年奋斗目标，以中国式现代化全面推进中华民族伟大复兴。"

沐着灿烂朝阳，迎着星辰大海，福州勇立时代潮头。

编者
2022 年 10 月

目录

山海城市

潮平两岸阔

林思翔

　　赤日炎炎，大地如烤。在火辣辣的阳光照射下，树不动，水无波，草不挺，一切都似乎静止了。驱车在连（江）黄（岐）通港大道上飞驰，但见蔚蓝的海面，横无际涯，空旷渺茫，水天一色。海面上的大小岛屿，浓荫披覆。马祖列岛，清晰可见。蓝天绿水与满目青翠的黄岐半岛交相辉映，显得格外协调和美。虽酷热如蒸，但心头仍升腾起习习清凉，心情顿感愉悦。

　　此时正值盛夏休渔时节，沿途岸边停靠的船只有序列阵，蓝色的船体闪着光。海面上纵横的彩色浮标犹如阡陌一般，在海域上划出一片片"田园"，水下是鱼藻世界。远方，隐约可见如巨轮般的庞然大物横亘在海面上。这是什么建筑物？正欲发问时，当地朋友说，这就是深海自动旋转海鱼养殖平台，是近年我国新发明的深海养殖高科技设施，首先在连江海域落户投产。

　　为一睹高科技深海养鱼设施的风采，我们乘快艇前往。快艇如箭劈水疾驶，不到 20 分钟，就到了"定海湾一号"养殖平台前。我们前拉后推上了平台，放眼看去，眼前这平台足有一个足球场大，上头披罩着橄榄球状的渔网，约有五层楼高，渔网可在深水中旋转。养殖业主卢统锋告诉我们，网内主要养殖大黄鱼。这种固定在深海的养殖平台可抗十七级风浪。渔网下水深达 17 米。养在这么大这么深的网中的鱼，近乎生活在野海中，可以充分游戏、觅食，因而体壮质佳味美。他还说，这种平台可自动旋转，借助天然光照进行消毒杀菌，还可自动监测海水酸碱度、盐度和溶解氧，而且所有数据都可通过"电信通信卡"无线传输到养殖户手机终端上。一个这样的平台预计可年产优质商品海水鱼 120 吨。我们得知，自 2019 年 5 月类似平台"振海 1 号"落户连江以来，如今连江拥有"振渔""振鲍""泰渔""福鲍""定海湾""宏东"等 9 艘高科技养殖平台。它们如巨轮般屹立在连江深水海面上，标志着连江养殖已从近海的"网箱"向深海的"船台"迈进，由传统的粗放养殖向智能化生态养殖转型，高科技的钢铁浮岛铸起了现代化的海洋牧场！

放眼连江海面，随处可见整齐有序的彩色浮标，水下蕴藏着一个养殖鱼贝藻的宝库，其中最多的是鲍鱼。连江海湾因水深、水质优良适合鲍鱼生长，鲍鱼养殖发展迅速，2021 年全县鲍鱼养殖面积达 1389 公顷，年产量 5 万多吨，产值达 50 亿元，成为全国鲍鱼养殖第一大县。在渔业界流行着这么一句话："世界鲍鱼看中国，中国鲍鱼看福建，福建鲍鱼看连江。"

我们走进黄岐半岛北侧的同心村。这个依山临海的渔村，座座新楼拔地而起，错落有致，色彩各异，一派欣欣向荣的景象。村支部书记林连忠告诉我们，村民过去靠捕鱼，收入有限，日子过得紧巴巴的。为蹚出一条致富路，村里从 20 世纪 90 年代就开始养殖鲍鱼，从钓养、筒养到笼养，技术步步提高，面积不断扩大，收入日益增多，2021 年鲍鱼收成 1700 多吨，产值达 1.7 亿元，人均纯收入 5.3 万元，全村 210 户，家家都盖起新房子，过上了幸福的生活。如今，村里鲍鱼生产、运输、销售一条龙，村民人人有活儿干，"三产"齐头并进。听了他的介绍，我们深有感触，真是一粒鲍鱼撬动一个大产业，走出一条以海兴村的特色乡村振兴之路。该村先后荣获全国文明村、省级"一村一品"示范村、市级乡村振兴试点村等殊荣。

摊开连江地图，可以看到黄岐湾、定海湾、罗源湾和闽江口、敖江口、可门口，三湾环绕，三江拱卫。连江有着长达 238 千米的海岸线和 160 个大小岛屿。海域面积比陆地面积大近 2 倍。江连着海，海连着江，江海滋养着连邑大地，哺育了连江人民，赋予连江人敢于驭海、向海而生的秉性和大度包容的胸襟。从战国时期的独木舟到三国时代的温麻船屯，从宋元定海湾沉船到明代连江人陈第赴台考察写下首部台湾风情纪实的《东番记》，无不见证这块土地上的人民赓续海洋文化、守望蓝色海域的史实。

▲定海湾海域成为"百台万吨"深远海养殖平台项目试验田。杨柳州 摄

改革开放初期，连江人兰平勇就带领团队闯荡南美洲，进军太平洋，又越过印度洋，扎根大西洋岸边的西非毛里塔尼亚，在临海的努瓦迪布市建立渔业捕捞基地和加工厂，成为该国最大的外资企业，不仅为该国带来税收，还带动了当地近 2000 人就业，当地政府非常感激他们。2018 年 9 月，毛里塔尼亚总统阿齐兹到北京参加中非合作论坛后，专程来福州访问兰平勇的宏东渔业公司。曾经是海上丝绸之路重要节点的连江，如今在西非建立渔业基地，渔业成了连江、福州联络远洋国家的友好纽带。连江人勇立潮头，成了"海上福州"的排头兵。

风从海上来，潮平两岸阔。海洋经济的发展推动着岛陆的嬗变。我们来到位于闽江口的粗芦岛，但见盛夏烈日下推土机轰鸣声不断，工人挥汗如雨，在工地上忙碌着。这个因芦苇粗大如碗而得名的连江第一大岛，曾是郑和下西洋船队筑坛拜祭、誓师出发的地方。沉寂了 600 多年后，如今中国第三个远洋渔业基地——福州（连江）国家远洋渔业基地正在建设中。该基地建设面积 2.3 万亩，总投资约 230 亿元。基地服务中心主任何宗敏介绍说，基地建成后，远洋与近海鱼获年吞吐量将达到 360 万吨，总产值将超过 200 亿元。全球更多的生猛海鲜将直达市民餐桌。当地朋友说，到时我们来粗芦岛，不仅可以感受荒岛成为聚宝盆的华丽蝶变，还可顺路登青芝、看炮台、观闽江、品海鲜，饱览连江山海景观，品尝江海美味佳肴。

连江因海而生，海洋资源极为丰富。连江的渔业产量一直位居全省县级第一，连续 40 多年位居全国第二，仅次于山东荣成。2020 年，水产品总量高达 122 万吨，渔业总产值达 239 亿元。连江头顶"中国鲍鱼之乡""中国海带之乡""中国鱼丸之乡"桂冠。当地人总会自豪地说，全国每三粒鲍鱼中就有一粒来自连江，两株海带苗中就有一株来自连江，鱼丸更是遍地开花，誉满天下。"连江丁香鱼""连江虾皮""连江海带""荬南虾皮"获福建省十大渔业品牌称号。

这么多的海产品如何打开门路，销往各地？带着这个问题，我们走进位于县城的"连江海洋电商产业园"。这里 2000 多平方米的水产品展厅，摆放着连江 32 家龙头渔业企业生产的 600 多种海产品，有常温的，有冷冻的，还有活鲜的，有鲍鱼、海带、鱼丸、虾米、紫菜、对虾、缢蛏、花蛤、丁香鱼、生蚝，以及鲍鱼罐头、鲍鱼菜肴制品乃至佛跳墙等，琳琅满目，应有尽有。连江县海洋电商协会会长林秋琪告诉我们："顾客可以来这里挑选，也可以上网交易，非常便捷。比如生蚝，顾客晚上7点下单，要求寄往上海，第二天早餐时生蚝就可送达，而且生鲜度不减。"这个产业园既是连江海产品的展示区，也是对外交易的一个平台，自2022年1月下旬开业以来，生意一直不错，年预计交易额可达1000多万元。

"长风破浪会有时，直挂云帆济沧海。"位于连江魁龙坊历史文化街区的"海上福州连江主题馆"，通过回望历史、展示现实，让我们清楚地看到了"连江的优势在江海，连江的发展也在江海"。伴海而生的连江人深深懂得："海，清凉的温情里有着幸福的悠荡，汹涌的波浪里也有爱的光华。"连江人爱海、搏海，在与海相伴共生中谋求发展，收获幸福。如今，他们正意气风发地传承向海图强的精神，乘坐"海上福州"的航船，迎着新时代的东风，向着中国梦的目标扬帆再出发，谱写"海上福州桥头堡"的绚丽篇章！

▲ 全国首个深远海机械化大鱼养殖平台——"振渔1号"在连江投放使用。杨柳州 摄

又见鼓岭

张发建

一

四月将尽，鼓岭下了一场雨。半夜蜷缩在牛头寨的民宿里，冻得瑟瑟发抖。及晨，透过窗帘的缝隙，看着薄雾渐渐从松树林里褪去。

算上这次夜宿，我已经是连续三个周末以"遛娃"的名义来到此地了。

头一次，与好友从东面山脚的南洋村驱车上来，傍晚到达，在夕阳的余晖里观赏了寨顶悬崖绝壁处那块酷似牛头的巨石，又瞻仰了明代戚继光为抗倭修建的古城墙。

意犹未尽。第二个周末约了更多人，在离牛头寨咫尺之远的"鼓岭梅园"安营扎寨。女人开锅煮饭，男人跷脚泡茶，孩子在山野里奔跑，又到附近一个叫"泠谷"的山涧捞鱼捉蟹，不知岁月地度过一天时光。

这次又来，是想在山顶看看旭日东升的磅礴景象。未能如愿。不过，雨中的危崖绝壁、苍松翠竹，倒比晴日里多了几分神秘。

如果说鼓岭是福州东边的第一道屏障，那么牛头寨无疑是鼓岭东南方向的第一要塞。它东接连江，西连福州，是连江一带读书人千百年来进京赶考的必经之地。不仅如此，牛头寨还是近代鼓岭故事的开端。130多年前的一个盛夏，一位美国医生到连江出诊，返回福州路过鼓岭，发现此地气候清爽宜人，暑气全消，回去后多方宣传，引得众多中外人士前来建别墅避暑，以致后来这里有三四百栋洋楼小筑。

二

　　我第一次到牛头寨时，没有盛夏的酷暑，也不知道美国医生的故事，但奇怪的是，山寨里庄严的古城墙清幽的松树林给了我一种熟悉的感觉——好像久别重逢，又仿佛重回故里。我寻思，若有生命轮回，那我的某一世可能是一个在此驻足的赶考书生，又或是戚继光手下的一名垒墙士兵？

　　倘若前世我真的与牛头寨结下了不解之缘，那我相信，他一定悠游过鼓岭的角角落落，让我在现世的探索里，每一次与鼓岭相遇，似乎都在重逢过往。

　　宜夏的清风、薄雾、柳杉，过仑的番薯、白萝卜，南洋的蓬蘽、柑橘，乃至山间无名小屋的院子、篱笆，似乎没有一样东西我不喜欢。于是，我一次次前来寻觅，一遍遍在梦里反刍，尽情宣泄我的喜爱之情。

　　在梁厝街，看着宽阔的石板路、修葺一新的老建筑，我心里嘀咕，那些别墅的老主人还会认得今天的梁厝吗？

　　清风吹过，一个激灵。我仿佛看到留着八字胡的格致校长慵懒地走过鼓岭邮局。

　　鼓岭的清风不同于福州城里炙人的热风、山脚下咸湿的海风，它是海风、江风、山风的汇聚，又经过树林梳理，不急不缓，清新宜人。

　　鼓岭的植被是温和的，柳杉是典型代表。这种似松似杉的树，又被称为"三春柳"或"红柳"，遍布山头的每个角落。那株位于梁厝村的柳杉王已经1300多岁了，它如慈祥的老人，终年伸展臂膀，为村庄遮风挡雨。

　　我拉着儿子在柳杉王面前合影，希望也能得到它的庇护。儿子却抛出了一个类似"先有鸡还是先有蛋"的哲学问题："爸爸，是先有柳杉王，还是先有梁厝村呢？"

　　"当然是先有树了，梁氏先祖建村至今刚过千年，而柳杉王已经1300多岁了。"

　　"不对，你不是说古人先建房子，然后才在村口种树吗？"

　　在我的故乡，的确是先建村再植树的，但在鼓岭或许刚好相反，人们依

▲ 俯瞰鼓岭。陈暖 摄

照柳杉选址建村。

鼓岭的番薯远近闻名，可这次我来的季节不对，秧苗还未落地。但是，在过仑村看到一大片准备种植番薯的土地时，我被深深地感动了！成片的土地没有一丝杂草，简直就是一片黄色的海洋，除了"纤尘不染"，我似乎找不出其他词语来形容它。

一个农村出来的人，最见不得土地荒芜。过仑村的番薯地似乎让我看到了老照片里阡陌纵横的鼓岭，还有庐隐《房东》里那勤劳的一家，这不能不令人心头一热。

三

福州城四面环山，从城里看向四周，是向往，是敬畏；换个角度，从四周看向城里，是风景，是愉悦。位于东边的鼓山和鼓岭是太阳升起的地方。

从古至今，文人名士、高官巨贾畅游鼓山，题字勒石，乐此不疲；而与之紧挨的鼓岭，相对就显得清静多了。除了20世纪初的那些洋人，给我印象最深的是庐隐和郁达夫。

1926年暑期，丈夫郭梦良去世不久的庐隐到鼓岭三保埕避暑，一共住了59天。她在这里整理丈夫的遗稿，心凄目眩；但也是在这里，质朴的乡民，倒骑牛背、横吹短笛的天真牧童治愈了她。她说，如果能终老于此，可以算是人间第一幸福人了。

10年之后，郁达夫也来了。他走马观花、蜻蜓点水，却一语中的地道出了鼓岭的好——那就在于它的"小家碧玉"。在他眼里，鼓岭"小家碧玉"，无暴发户气，这正是它的迷人之处。

山海城市

我打心底里认同他的看法。鼓山是历史的、官方的、庄严的，是官员和巨贾们的打卡地；而鼓岭是现实的、民间的、文艺的，是那些要避开酷暑、嘈杂的文人和追求闲情逸致者的选择。

郁达夫深深地被鼓岭的青红酒所折服，他觉得那是世上无双的甘醇美酒，有香槟之味而无绍酒之烈，进而又许愿，要再择一个清明的节日，化鹤再来一次。

鼓岭，就这样深深嵌入文人们的记忆深处。

庐隐想在鼓岭终老，郁达夫想租一个房子以度盛夏，可他们终究都未能如愿。相形之下，我们是幸运的，如果经济许可，可以置个别业，再怎样不济，也可以租个房子，隔三岔五地来这里过几天闲云野鹤般的生活。

更幸运的是，我们带的这群孩子正以被"遛"的名义来此寻找属于童年的欢乐。

多年以后，关于鼓岭，又会给他们留下什么记忆呢？是亮锃锃的旱地、粉糯的番薯，还是山涧里瘦瘦的流水？

冶山，穿越千年的城市精魂

曾建梅

一

中山大厦在湖东路上，地处福州最为繁华的要道。两幢商业大厦之间，一条小道，名"中山路"，仅通一车甚或不能通车，若不是有朋友约了在这里吃饭，我大概经过一万次也不会想到从这条路拐进去。

拐进去之后，用"别有洞天"来形容一点儿也不为过，这里仿佛是藏在高楼里的一处化外之境，名曰"中山大院"。这并不是建筑学或地理学上意义的院子，而是集中了衣食住行的一个小小社会。一个非常对称的院落，进口通道两侧是两幢五层古典式建筑。

正对着通道是一尊站立的孙中山先生的塑像。一人多高的大理石基座上，孙先生手握着文明杖，迈步向前，一如既往地英挺，充满了智慧。只是不知为何，中山堂长期关闭，不得入。转向左手边，沿着古朴的石阶走上去，冶山，意外得见。

台阶不足百级，不过两三层楼的高度，却很陡狭。走到顶处，只见古老的石块堆叠成了一个小山包。说不清是几百还是上千年的榕树盘根错节捆绑着这个小山包，或者说它们相互"交融"着，榕树的根须穿过石块，伸进去又长出来，长进山的骨骼与血肉里，与之融为一体。巉峭岩石上密布着石刻，"望京山、观海亭、登山路、天泉池、玩琴台、越壑桥……"一幅幅存在于中唐时期文献中的冶山旧景，仿佛突然有了灵魂一样，争相浮现出来。

二

很长时间过去了，我还停留在那个震惊又兴奋的午后。

这些古老、沉默的岩石吸引我们的到底是什么？

不是我们发现了它，而是它穿越了千年的时空，刀劈斧削，仅剩一点精骨，如今找到我们。这是我们找到先人的线索。

汉时，无诸抗秦、佐汉、灭楚有功，被封为闽越王，在冶山边建城立都，称为冶城。这就是福建历史上第一座城池，也是福州这座城市的起点——就是这里，眼前这个乱石堆成的小山包，以及这几棵榕树。

之后，无诸后裔郢和余善兄弟二人相继起兵叛汉，后被汉武帝平定，连带着余善在闽北的王宫一起，福州冶城也被毁了。过了300多年，即西晋太康三年，晋安郡郡守严高，将城址迁于越王山之南，称之为子城。唐天复元年，王审知于子城外环筑罗城四十里。五代后梁开平元年，又筑南夹城与北夹城，宋代筑外城……城墙一圈一圈地外延，城市一点点地生长，但原点就是这里——冶山。

2200 年，时间削去了一个王朝的躯干、枝丫，只剩这么个小山阜存其精骨，同时又以不可思议的力量构筑了一个更为庞大的现代化都市，人来车往，灯火辉煌。

三

福州这座城市的发展很有规律，沿八一七路的城市中轴线走一趟，基本就能循到城市发展的脉络。三坊七巷代表着明清时期的士大夫文化，读书人、官宦人家多居于此，这里至今还保留着众多富丽典雅的私家园林；未拆的茶亭街展示着民间市井生活的百态，相对三坊七巷的达贵，它更为接地气；台江上下杭、苍霞一带则是清末民初福州商业社会的缩影，因为靠着闽江码头，聚集了许多行业的商帮会馆，富贾豪绅众多；闽江对岸的烟台山，可以说是清末民初中外文化的集中碰撞之地，外国领事馆、俱乐部、洋行、洋房林立；再延伸至新城金山，又可以看到 20 世纪 90 年代现代化城市开发的脚步，曾经种植水稻、柑橘、茉莉花的沙洲田畴，已经成为一座高档住宅鳞次栉比的安居之城；再往东，三江口，直至马尾长乐，靠近海洋的地方，已经被规划建设为福州滨海新区——未来的科技之城；……

最初的冶城似乎离这些越来越远，如同一个留守故土的老者，目送着这座城市如同初生的婴孩，向海而生，奔跑，跳跃，越来越快——但只要一回头，就会看到这一方小小的山头始终守护着这座城市的根脉。

小山前留有一个圆形小平坝，像地基一样。我正猜测这是什么。上来游玩的一位老奶奶告诉我，这里曾经有一座亭子，旁边还能找到一块石刻"观海亭"。

是的，我毫不怀疑站在此处可以观海。你若去过闽侯的昙石山博物馆，如果看过古代福州城市地图，就能发现，最初的城市不过围绕着这个小山包的数里见方，站在高处，海平面就在你脚下。

寒来暑往，沧海桑田，海水不停地退却，陆地一点点显露出来，城市的建设与扩张比海水还要懂得见缝插针。

四

冶山脚下是欧冶池——传说中的欧冶子铸剑的地方。《三山纪略》云："冶山者，古冶铸之地，闽越王都于其前麓。"冷兵器时代，这里就是刀剑铸造的基地。

欧冶子，春秋末期到战国初期越国的传奇人物。在春秋五霸、战国七雄的争霸战争中，欧冶子铸造的青铜名剑，冠绝华夏。据说，他曾为越王勾践铸了五柄宝剑——湛卢、巨阙、胜邪、鱼肠、纯钧；为楚昭王铸了三柄名剑——七星龙渊（后因在龙泉处铸剑，改名龙泉剑）、泰阿、工布。

1965 年底，越王勾践剑在今湖北江陵出土。该剑出土时完好如新，锋刃锐利，剑身满布菱形花纹。经过包括郭沫若在内的多位考古大家三个多月的反复考证和讨论，确定剑身上的鸟篆铭文为"越王勾践自作用剑"。也就是说，这是至今唯一一把能确定为越王勾践所使用的佩剑。此结果一经公布，震惊了世界。这一考古发现也给"铸剑之神"欧冶子提供了实物佐证，说明欧冶子铸宝剑并非神话。

此剑被称为天下第一剑，作为镇馆之宝收藏于湖北省博物馆，在2017年的文化类综艺节目《国家宝藏》中，一亮相就惊艳了国人。时隔2400多年，研究人员用最新的科技对它进行了质子全光无损检测，并复原了2400年前银光闪闪的样子。吴越交战，越王卧薪尝胆，寻求复国，连楚拒吴……这一柄形似匕首的精美宝剑就是那个风云年代的证物。在当晚的节目上，讲述者段奕宏所扮演的角色为"剑灵"。这一设置倒是高妙，它深埋地底2000多年而不腐，穿越无垠时空来与我们相见，不是有灵又是什么？

当晚节目上提到的湛卢剑也为欧冶子所铸。现在福建松溪县城有山名"湛卢"，城区还有铸剑为业的人经营着湛卢剑馆。湛卢为长剑，一柄一柄陈列于展架上，冷气逼人，靠近时似可听见剑身所发出的声声龙吟。

池边密布的千年榕树根须如同长在水中。水深绿不见底，它感受过2000年前一柄宝剑刚出熔炉时的炽热温度，也听过欧冶子面对丝丝青烟蒸腾时的一声轻叹：成了！如

▲ 冶山春秋园内欧冶池剑光亭。陈暖 摄

▲ 2019年正在施工改造的冶山春秋园。陈暖 摄

左海星辰

今它静默如老人。

偶有风起，榕叶纷纷落满了池面，风吹得这水漾起波纹，水面倒映着横生的枝丫。

五

刀光剑影是历史的一部分，更多的岁月是平静的、日常的，甚或是惠风和畅、歌舞升平的。民国时长乐人施景琛所纂《泉山沿革纪略》中记载，闽都文人骚客雅聚冶山"曲水流觞"，"于九曲池上增筑流觞亭，在山中建九曲池"。山上迂回曲折刻有一曲到九曲的标记，引得不少有心人去寻迹。我也曾数上冶山，但怎么找也只找到二曲、三曲、四曲、五曲、六曲、七曲等字样。本想要找齐一曲到九曲，但始终未能如愿。后来有网友说，一曲的石刻被居民楼隔开了，在山脚下省财政厅宿舍的墙角地基处。

再一次去探访的时候，整个冶山及扩大的春秋园已经完全显露出来。几千年风吹雨打去，福州人守住了冶山的古风古貌，守住了这座古老城市的精魂。

在九鲤寺前眺望

梅 玲

早就听闻江阴镇双髻山东部半腰有座千年古寺——九鲤寺。那日,阳光正好,山风温柔。我们乘车经大厝村顺水泥山道盘旋而上,抵达一个名为"祖师岩"的地方。祖师岩在山的中部,细长的曲线就像一条腰带,建于此地的九鲤寺则像是镶嵌在腰带正中的一颗亮眼的宝石。

九鲤寺又名圆通寺,始建于唐贞观四年(630年),是一座佛道共处的寺宇。历经一千多年风雨,如今的九鲤寺占地700多平方米,主体为两层建筑,背靠青崖,面朝曾经的沧海、现下的万亩良田。

经介绍我才知道,九鲤寺与莆田仙游的九鲤湖及石竹山的九仙阁颇有渊源。仙游与江阴相隔甚远,倒是石竹山似乎近在眼前——若遇天晴,站在九鲤寺前埕向北眺望,不难发现石竹山就在正对面,那山上的九仙阁,以及阁楼旁的一花一木、一石一寺,影影绰绰,叫人欣喜。

福建民间盛传"南九鲤,北石竹"。这里的九鲤,除了意指江阴的九鲤寺,更多的是指仙游的九鲤湖。经考究,九鲤湖、九鲤寺、九仙阁,它们都出自中国祈梦之神——九仙君,它们在庸常的岁月里无疑是当地劳动人民精神上的避风之港。

江阴原是座孤岛,呈柳叶形,靠在兴化湾北侧,在没有陆路交通之前,小渔船是岛民出行的唯一交通工具。彼时,散落小岛各点的渡口共有九个。有时渔船靠不了岸(尤其是退潮之时),进出岛时,人们舍不得弄湿、弄脏鞋袜、外裤,索性脱个"干净"。待蹚过长长的滩涂,登上小渔船后再穿回原样,甚是不便。所以那时候,岛民鲜少出岛,与外面世界接触的机会更是少得可怜。他们日出而作、日落而息，守着几分薄的盐碱地和小岛周围的海域安然度日。

中国人素有登高望远的雅兴。每年春日或闲暇之余，不乏博雅的岛民呼朋引伴挑战江阴最高峰——双髻山。他们登顶俯瞰，整座海岛尽收眼底；抬眉远眺，视线随着滔滔白浪向外延展，能看到远山的葱茏和岛外的烟火；盘腿仰望，肢体触着微风和流云，那一刻，他们的内心是欢喜的。

于是，他们大多会选择拜访自九鲤湖得道之后游历至此、在祖师岩安营扎寨的九仙君，请求他们为自己尚未确定的，或者说尚无实现的愿望指点方向。

小时候听奶奶说，当年我爷爷就是在九鲤寺问过一卦后，笃定地踏上了他的南洋之行。

也是在一个充满暖意的秋日，爷爷携妻儿登上祖师岩，手搭凉棚，目光越过蜿蜒的海岸线，直抵海的另一边。爷爷说，不能坐等着好事来找我们，我们必须主动出去闯。就这样，爷爷怀揣着从九鲤寺请来的沪身符，怀揣着亲人们的殷殷期盼和切切祝福，经海上丝绸之路，辗转到了印尼。在那里，爷爷打工、创业，赚回的银两为一家老小换来一栋近千平方米的两落古厝。

《周易》有云："静则思、思则变、变则通、通则达。"在20世纪二三十年代，江阴岛安静得像一朵睡莲。但也有像爷爷这样，勇敢地走出江阴岛下到南洋闯荡的，比如我的姑奶奶。她比爷爷还早四五年抵达新加坡。当年，他们每做一个决定都要鼓足勇气，费尽周身气力去面对无法言说的艰难。这个时候，他们太需要用一种精神力量来支撑对美好生活的追求。

那些站在九鲤寺眺望过远方的人儿一拨拨地来，一拨拨地离开，有带着硕果回来还愿的，也有带着未竟心愿继续启航的。有足够胆量奔赴星辰大海的人毕竟是小众的，大部分岛民还是安静地守着这里的土地和周边的海域过日子，但他们的内心渴望能把日子过好，渴望经济能发展得好。

1970年，父亲刚好小学毕业。那年暑假每天天一亮，他便被家里的兄长叫醒，扛上扁担、挑起簸箕，走十多里山路到屿礁村参加填海筑堤工程。那时候，但凡父亲想偷懒，兄长们的一句"路修不成，长大娶不到老婆"比任何灵丹妙药都神奇百倍。那一年，全岛人齐心协力，终于在岛的西北角打通了与外界接壤的第一条公路，化解了"江阴九条渡，条条要脱裤"的尴尬局面，更扫去了父亲娶不到老婆的后顾之忧。

渐渐地，"让江阴走得出去、把外面的世界请进来"不再是奢望，不再是站在九鲤寺眺望远方时的一声叹息。

1978年，江阴岛在东北隅填海造堤与江镜对接；1990年10月11日，江阴撤乡设镇；1995年，江阴镇在西南隅修筑海堤，成功地与新厝镇双屿村连接，直通321国道，至此江阴从一座孤岛晋升为半岛。

更值得一提的是，江阴岛因其得天独厚的海港优势，得到了华侨林文镜先生的青睐。几经考察、评估，终于在2002年12月，江阴港一号泊位正式投入营运。2010年以后，渔平高速、长福高速相继通车，更是让飞速发展的江阴如虎添翼。

如今再提及江阴，人们不再陌生，会自然而然地想到江阴深水港码头，想到天辰耀荣，想到高华化工，想到三峡电力……江阴，今时早已不同往日，它的变化估计连九仙君听后都要惊叹。

传说中的九仙君一定在人世间存在过，他们像一个个琥珀，凝固着历史长河中绝美的记忆。现实中，我们也不难寻到"九仙君"的行踪：在田间地头、在海岸边、在高山顶、在一张张规划图前、在清晨、在深夜……他们像一座座灯塔，指引着小岛前进的方向。

左海星辰

美丽的龙祥岛和塔礁洲

刘长锋

　　闽侯县五虎山下，有一个美丽的地方，叫龙祥岛。岛位于乌龙江中，原称江中洲、六礁洲和蟹山洲。它从远古走来：昨天，它荒凉边远，人迹罕至，落后穷困；今天，龙祥岛人乘着改革开放的春风，迎着潮头，放舟击楫，铿铿锵锵。

　　"后土化育兮四时行，修灵液养兮元气覆。冬同云兮春霖霖，膏泽洽兮殖嘉谷。"乌龙江水从未吝啬它的上善之德，以滔滔奔流膏泽着岛中一草一禾，滋润着岛上世代子民的心田。千百年来，春洪秋潮带来的泥沙，冲积成大小不一的沙洲。清末民初，五虎山下的刘、林族人和乌龙江上的渔民、船夫陆续迁岛。一代代迁民沾着水的灵气和对福的追求，合心共力，演奏着一曲曲建设水上家园的美妙乐章。

　　新中国成立前，龙祥岛荒凉僻远，人迹罕至，迁民们"锄耰棘矜，结庐垦荒"，但天灾多发，"春遭洪患，沙掩禾秧；夏遇台风，刘稻吞粮"。为谋生计，他们中有的置"舨船渔具，捕鱼讨虾，风雨江中"，有的在荒洲野渚搭建木厝、草楼等栖息，渔耕守望，与岛外老死不相往来，是一个被社会遗忘的族群。

　　新中国成立后，党和政府十分重视改善岛民生活，大力发展农业、渔业、蚬草业。老一辈创业者发扬"无私奉献、战天斗地"的拼搏精神，改变了贫穷落后的面貌，过上了幸福的生活。特别是 20 世纪 90 年代以来，岛民们沐浴着改革开放的春风，立于潮头，奋楫笃行，使龙祥岛蜕变为一个富饶美丽、气象万千的江岛，以前所未有的姿态屹立在乌龙江上。

一桥飞架南北，孤岛展翅翱翔

龙祥岛位于乌龙江中，狭长地形自东到西约10公里，是个孤岛。岛野水洲纵横，却多不相接，岛民出行得靠八个大小渡口；农业、渔业和蚬草业的生产活动，得靠一百多艘大小船只穿梭于岛洲间。

"隔河千里路"，最愁是过渡。当年，我在五虎山下的福建省少年犯管教所工作。那些年，回家的路艰难而漫长，从单位走一段崎岖的山路，到鲤尾过渡，若是错过一个渡，得等下一个渡；若是遇到落潮或洪水，得要绕行一大圈才能横渡，上了岸还要走一程泥泞土路才会到家。记得有一年正月初一的早晨，我值好除夕班，匆匆赶回家，急切的心像长翅膀似的飞向彼岸。到了渡口，却不见渡船的影子，兴奋的心情冷到冰点。等啊等，双眼死死地盯着对岸，一分一秒都觉得在煎熬中。许久，对岸渡船才有了动静，船慢悠悠地逆行一会儿，才缓缓地离岸，彼时一分一秒都觉得太长了。好不容易等到了，满腹的怨气好像要从鼻子里出来，对船老大说："等了两个多钟头，就是坐慢车，也可以到南平了！"也许船老大听惯了，显得有耐性，笑着说："这是江，又不是桥。这大年初一的，就你一人过。""又不是桥"一语勾出我的一个心愿：要是有一座桥，该多好啊！

这样年复一年，我习惯了走路等过渡、过渡再走路，也曾梦里通桥几回回，每回尽在泡影里。

随着福州市"东拓南进、沿江面海"发展战略的推进，龙祥岛通桥已经不是梦。我和岛民终于盼来通桥的这一天。2013年2月7日，福州螺洲大桥通到了龙祥岛。这个令人振奋的喜讯，像长了翅膀似的，传遍了宁静的江岛，岛民们载欣载奔，他们用放鞭炮这种古老而隆重的方式，表达内心的激动之情。

从此，在宽阔的乌龙江上，一座雄伟的悬索桥飞架龙祥岛和塔礁洲，直奔五虎山，把互不连接的岛、洲、山贯连起来。龙祥岛融入岛外世界的怀抱，从此不再孤单。

如今，长达20里的龙祥岛，桥路相通，洲岛互接，形成交通网络。四方进岛车辆和来客拥入龙祥岛，螺洲大桥下的"渔耕一条街"已成为名闻遐迩的农贸集市。

一方乐土，太平有象

记得 30 年前，闽江上游水库、水利建设不太发达，龙祥岛水灾频发。岛民种植的单关水稻，亩产在百斤左右，还年年遭遇水灾，以致歉收乃至绝收。

说起水灾，今年 82 岁的岛民刘长生还记得过去流传的岛上的白话农谣："江中洲啊浮江洲，浮江洲呀目汁流；春头溪水那蜀来，高高水稻毛粟收。江中洲啊血泪洲，血泪洲啊目汁流；溪水蜀来哐哐叫，水漫蜀厝冲倒楼。江中洲啊食粟洲，食粟洲啊目汁流；溪水蜀梨水田崩，沙行滚滚盖秧头。"当年洪水一到，水田崩溃，沙洲变样，沙淹稻秧，颗粒无收，镰割挂起，岛农欲哭无泪，处处透着辛酸。

新中国成立后，特别在 20 世纪八九十年代，龙祥岛掀起了农田水利建设的新高潮，岛民与洪涛共同演奏着洗劫与抗争的交响曲。为防洪保收，岛上老一辈创业者顶酷暑，战严寒，手接手，肩接肩，从烂泥滩上挖一担担河泥，筑成 21 条被称为"水上长城"的围垦堤。这不仅可以确保岛民生命财产免受洪水威胁，还能使水稻"改单变双"，扩大双季稻种植面积 3300 多亩。水稻扩种保收，产量骤增。这里成为祥谦镇的一个大粮仓，被称为鱼米之乡，名闻闽侯县。

水上长城蜿蜒，嘉禾重颖盈眼。如今，堤坝两旁，碧草烂漫，在阳光下，像一圈圈翠绿的珠链，闪闪发光；烟笼霞染，波泛浪翻，在薄雾中，又像一条条蛟龙，缓缓游弋。对此，岛上文化人刘长生编了一段新农谣："水上长城百里长，堤坝塘池珍珠串。鱼儿肥啊水稻香，遍地甘蔗绿海洋。"你看！一方乐土，太平有象。

水中一颗明珠，世外一处桃源

在乌龙江龙祥岛的南面，美丽的塔礁洲像一颗嵌在水中的明珠。它偎依着龙祥岛，又像小鱼跟随大鱼一样，在乌龙江溯洄而上。有谁知道，这荒凉的小岛，旧时却是水獭赖以生存的礁地。

塔礁福德春，两渚苍茫；四十八份尾，孤雁唳晚。刘江林欧陈，同舟搏浪；渔耕蚬草莛，斑痕沧桑。在新中国成立初期，塔礁洲还可以见到朽木粪墙，道草丛生，厝舍零落，是个人迹罕至的边远小洲。

30多年前，我曾听闻一则关于它的故事：塔礁洲有个在外省当兵的人，携带女友回老家。听说老家在福州，来之前女友很是高兴。他俩在福州下了火车，女友以为到家了，结果不是；又连转两趟公交车到了螺洲，还不是家；又从螺洲渡到龙祥岛，结果还不是。女友感觉被耍似的，心中很不快，只好跟着男友又过一个渡才到男友家，而且男友家也不像样。女友尽兴而来，扫兴而归，一段美好的姻缘因此而告吹。

20世纪90年代以来，改革开放的春风吹绿了塔礁洲。十年来，塔礁洲人民谨记"绿水青山就是金山银山"的理念，注重生态环保工作，致力于美丽乡村建设，塔礁洲出现了翻天覆地的变化，好事一个接一个：2013年，螺洲大桥接通了塔礁洲，岛民彻底告别了"渔耕孤岛鸥为伴，踏泥蹚水过双渡"的日子；2015年，建成了福州·塔礁洲湿地公园，为野生动物提供了良好的栖息地，也为人类提供了娱乐、科研和教育场所，还具有观光旅游等景观价值；2017年4月12日，塔礁洲入选福建省首批重要湿地名录，是福建省第一批公布的50个省重要湿地之一；2019年，当地政府对洲上全部住宅进行景观改造，塔礁洲被装扮得更美了。

昔日荒凉地，今朝变天堂。每逢节假日，这里就会迎来八方游客。

登上观鸟塔远望，这里水天一色，河滩宽阔，东面是雄浑的乌龙江大

▼螺洲大桥。刘长锋 摄

桥，还有一片开阔的湿地滩涂，成群的野鸭在滩涂上觅食，不时还有水鸟结伴飞过，宛如一幅唯美的山水画。当年的草舍木厝已不见了，代替它们的是一幢幢白漆墙面、琉璃瓦顶的住宅，在朝霞映衬下，显得格外淡雅亮丽。远处五虎山巍峨耸立，薄云缭绕，宛如仙境。成片的农田种着甘蔗、果树和蔬菜，悠然的水乡田园风光令人沉醉。江面上渔船逐波，白鹭蹁跹，江风起浪，尽显"君看一叶舟，出没风波里"的诗情画意。

美丽的塔礁洲简直是花的世界、鸟的天堂。春天，芦花摇曳，桃花浪漫，黄莺云歌晓啭。夏天，荷花浪舒，牵牛攀木，成群的白鹭恣意飞翔。秋天，桂花飘香，遍地开放，可爱的野鸭四处游荡。冬天，几处梅花斗雪傲霜，高贵的天鹅舞姿悠然。塔礁洲无愧于"乌龙江上明珠"之称号，被媒体称为福州"最拉风湿地"，隐藏在闹市中的"世外桃源"。

"塔礁湿地水天茫，虎影垂江映柳杨。错陌荒堤妆彩道，汀兰岸芷漫荷塘。浅泥白鹭追爬蟹，深坞黑鸥瞅戏莺。曾住吊楼无觅处，琉璃一片见沧桑。"临了，我不禁边走边吟起来……

马尾传奇

卢一心

多年前，我第一次踏进福州马尾船政文化遗址群时，立刻有一种被历史的纵深感牵引的感觉，被一阵前所未有的惊涛骇浪包围着、震撼着。马尾船政文化遗址群包括罗星塔公园、马限山公园，园内不但有中坡炮台、昭忠祠、马江海战烈士墓、圣教医院、英国分领事馆等大量与船政相关的古迹，还有新建成的大型船政群雕、船政精英馆等，是名副其实的中国船政文化博物馆，也是中国第一个以船政为主题的博物馆。马尾传奇由此进入中国史册。

1842年，西方列强的炮火轰开了福州大门。1866年，闽浙总督左宗棠在福州马尾创办了福建船政，轰轰烈烈地建船厂、造兵舰、制飞机、办学堂、引人才、派学童出洋留学等，培养和造就了一批优秀的中国近代工业技术人才和杰出的海军将士。这些人先后活跃在近代中国的军事、文化、科技、外交、经济等各个领域，推动了中国造船、电信、铁路交通、飞机制造等近代工业的诞生与发展。林则徐、严复、詹天佑、邓世昌等一代民族精英和爱国志士让世界了解了福州人的骨气、智慧和力量。

然而，因为时局所限，福州马尾船政的辉煌只存续了40多年，尽管如此，并不影响其在历史上的地位和作用。福州马尾船政文化充分展现出中华民族特有的励志进取、虚心好学、博采众长、勇于创新、忠心报国的精神，因此，福州马尾船政文化成了中国海洋文化不可忽视的重要内容。

其实，福州船政文化有着悠久的历史。史书上记载，胡人便于马，越人便于舟。《越绝书》载，越人水行而山处，以船为车，以楫为马，往若飘风，去则难从。西汉元鼎五年（前112年），"南越反，东越王余善请以卒八千人从楼船将军击之"。1973年，连江县浦口公社山堂大队砖瓦厂工人在田间挖泥时，在地下深约1米的地方挖出了独木舟的残体。据中国科学院贵阳地球化学研究所对舟体木材的测定，此古木舟为公元前290年至公元前100年间所有。此事证实了古文献关于闽越族善于造舟的历史记载，同时也证实了福州船政文化的悠久历史。

福建人靠海吃海，故渔民被称为讨海人，船是他们谋生的必需手段和生存依据，从而催生出海上贸易，也因此必然催生出船政文化。莆田诗人黄滔在《贾客》中写道："大舟有深利，沧海无浅波。利深波也深，君意竟如何，鲸鲵齿上路，何如少经过。"这首诗生动形象地描写了商人在海上随波逐利的情形。宋代以来，中国经济中心南移，中原人口为战祸所迫纷纷南下，福建沿海一带人口猛增，许多居民被迫出洋贸易，或移居海外。据载，由于民间造船业臻于兴旺，仅福州"沿海九个县，就有三百七十三只海船"。正因为造船业发达，古代福建海上贸易十分繁荣。因此，"海商"才会成为福建很关键的一个词和新注解。

▲ 马尾造船厂。林双伟 摄

当然，福建也因为造船历史悠久、海上贸易兴盛，成为西方列强虎视眈眈的对象和要打开的窗口。清政府长期腐败堕落和闭关自守，西方列强找到了可乘之机，鸦片战争爆发。中国人开始从"天朝大国"的美梦中惊醒，在耻辱中深刻领悟到"落后就要挨打"的道理，一些有识之士开始探索救亡图存和强国之路。

福建船政学堂就是在这种背景下开办的。据史料记载，水师学堂的总办、专业教师多是闽人。李鸿章曾说，"闽开风气之先，今日创办海军，岂能舍此而取其未习者？"然而，福州马尾船政文化发展的重要意义不仅在于海洋科技方面，也不止于成为中国船政文化发祥地和近代海军的摇篮，更重要的是在于提振整个中华民族的志气和爱国精神。

福州马尾船政文化的价值是多方面的，除了大力弘扬之外，也应不忘其警钟作用，正所谓"前事不忘，后事之师"。进入新时代，福州马尾船政文化正迎来新的历史机遇，我相信，它必将再次掀起闽江的开放潮，推动福州继续发展。

泳 者

张 弓

入冬后，我几乎每天去的乌龙江畔不知不觉地热闹起来。橘园洲大桥北侧护坡下方有一片水杉树林，常有三五成群的游客在江边堤坝取景拍照，这里已然成了打卡点。

我到这里游泳快一年了，没感觉有什么吸引人的地方。几十个游泳爱好者悄悄地来，又悄悄地走，波浪的节奏与运动才是他们需要在意和关注的。

对我而言，游泳不仅是一种运动方式，更是一种生命追求。投入江水的怀抱，在与水的亲密接触中，在潮汐的涌动中，体能一次次消耗，呼吸越来越粗重，体内机能不断扩张、调节，越是游得口干舌燥、精疲力竭，回到岸上，浑身上下越能感受到放松带来的舒坦与自如，这种感觉在其他地方是找不到的。

江岸上好心人挖了一口井，人们游完泳回到岸上，可以用水泵抽一桶地下水，冲洗身子。

小时候喜欢游泳是好玩，喜欢下河摸鱼、捡田螺；真正喜欢上游泳，是五十岁之后。那时我得了一场病，吃苹果、雪梨、香蕉等水果胃会痛，到医院抽血化验、拍片、做胃镜，都查不出病因，医生最后诊断为慢性胃炎，给我开了七天的药，钱花了不说，药吃了也不起作用。

我又去找老中医，他把脉后说："你的症状在中医上叫胃动力不足，开一剂药给你吃，有效果就不要回来，没效果或者效果不明显，再来找我复诊。"我遵照医嘱连续吃了五天的药，起了一点效果，有一段时间胃不会痛了，我试着吃水果，结果胃又痛了。

眼看中医、西医都不能治疗我的胃痛，老中医说，我的胃痛是因为胃动力不足，建议我找一种运动锻炼胃动力。我想起从小就喜欢的游泳，决定去江河里找"胃动力"。我坚持了半年，奇迹发生了，没吃任何药，胃痛消失了。从此，我深信游泳是最适合我的运动。事实也证明了这点，几年下来，我连感冒都没有得过，更别说其他什么疾病了。

那些来游泳的人原本素不相识，因为共同的兴趣，天天不约而同聚集闽江畔，从游泳中找到各自所需。他们已然把生活融入江水，用身体的一种韧性来诠释生命的意义。日久天长，彼此从点头到打招呼，从问候到了解对方，如今大家见了面就像老朋友一样。

一对七十多岁的夫妻，每天清晨天刚蒙蒙亮，就结伴来到江边，一起拥抱江水，几十年如一日，江河见证了他们平实而充足的生活；一位捕鱼大哥，一年四季蹲守在江边，在江水最高潮的时候，撒开一张大网，在等待江水退潮的时间里游入江中，不关心放下的网可以捕捉多少鱼；从国外回来的大哥，因疫情不能出国了，他用仰泳调节腰肌劳损，闲时还给我们讲国外的风土人情；一位退休的大哥，对比着大海与江河的区别，谈论人体对水温的适应性，如何把握、控制时间，以达到锻炼身体的最佳效果，且不会伤害自己……

江河是博爱的，无论是谁都可以在它那里获取所需，它不挑剔，不鄙视；江河又是无情的，不会游泳，或水性差，或误闯禁区，一点波浪就能威胁一条鲜活的生命。

有一天，江水正在缓缓地退潮，宽阔的江面微波荡漾，我顺着江水往下游，时而蛙泳，时而仰泳，时而潜入水里。我一口气游了两百多米，才开始掉头往上游。因为江水在退潮，游得比较慢，而且人也感觉有点累了，我抱住泡沫包在水中休息了片刻，又继续往上游。当我游到距离岸边十余米的江面时，突然听到有人呼救。只见几米远的江面，一个青年人在江里挣扎，另一个人游过去想救他，但缺乏常识，两个人抱在一起，一边呛水，一边挣扎，慢慢往下沉。我见情况不妙，奋力游过去，游到溺水者一侧，把随身携带的泡沫包推到他面前，叫他双手抱住。我伸出右手，托住溺水者的右手臂，左手游动，缓缓把人拖到岸上。我本游得已经有些疲劳了，但听见呼救的一刹那，精神、力量不知从哪里冒出来，清醒的大脑指挥着我救人的整个过程。

后来，我常和那些对江泳跃跃欲试的人说，来游泳一定要带救生设备，如果是刚学会游泳，一定要找水性好且熟悉当地水域情况的人陪同，这样才安全一些。

年复一年，江水陪伴着我，为我驱散孤独和寂寞。冬天，江岸上的两排水杉，叶片由绿转褐，落日的余晖洒在水杉上，显得那么美丽与壮观！

从轮渡到跨海大桥

徐一凡

平潭岛，也称"东岚"，地处中国的东南沿海，是福建省的第一大岛，也是我国的第五大岛屿。平潭岛到台湾的直线距离只有128公里，也是大陆到台湾最近的一个岛屿。平潭岛就像镶嵌在大陆到台湾的海峡上的一颗璀璨明珠。

1949年9月，平潭县全境解放。之后，由于相当长一段时间台海两岸局势紧张，平潭岛的建设几乎处于停滞状态。台海两岸的局势趋于缓和后，两岸民间贸易恢复，平潭岛的重要性也就渐显出来。几千年来，平潭岛上的人民和内陆人民的交往，只能通过摆渡进行。虽然在1954年，福州港务局平潭港务站接管了平海交通所，后来发展为两码头轮渡所，但鉴于当时的国情、国力等因素的制约，从平潭岛到内陆，还是只能依靠轮渡连通。

当时，从福州去平潭，要到福州长途汽车站购票，乘最早的一班车。车从福州汽车南站开出后，经由国道（福厦路）进福清县，再由福清县经龙田、三山、高山等三镇，于中午1点左右到达小山东码头。到达码头后，所有乘客必须下车，客车由货轮运往对岸，乘客另行乘坐客轮前往对岸。对岸就是平潭，到岸的码头地名为娘宫。

不论是车辆还是客人，乘渡轮都是要排队的，排队的时间极不确定，短则一个小时，长则两三个小时。由于有大量的乘客滞留在码头，两岸码头均是人头攒动，人来人往。小摊小贩们不会放过这样绝好的机会，他们叫卖着各种各样的海鲜，还有装在小玻璃罐里的好玩的活海洋生物，以及干货海产品和当地产的时令水果。小馆店则卖现煮的小吃和点心，例如滑蛏汤、油炸虾酥饼、海蛎豆腐汤、征东饼等。码头两岸，叫卖声和顾客讨价还价的声音不绝于耳，此起彼伏，跟赶集似的，很是热闹。到了对岸，找到自己刚才乘坐的长途汽车，上车后售票员清点完人数，汽车随即启动前往目的地。如果要去平潭县城关车站，就得乘坐从福州南站发出的第一班车，到站后，出了汽车站已是下午4点左右，这已算是顺利的了。

由于是过海轮渡，海面上遇有较大的风浪时，轮渡公司为了乘客的安全随时有可能停航。轮渡船在工作中如遇机件损坏，或其他原因，也会短时停航。在轮渡码头等待时间的长短是很难预料的，碰得巧了一两个小时可过渡，运气不好等三四个小时也是常事。那样的话，在码头等待过渡的汽车可排出一两公里的长龙，放眼望去，确也"壮观"。在等待过渡的时候，每个司机都面露焦急和疲惫，如在夏季，更是个个汗流浃背，男司机们几乎都打着赤背。一旦轮渡船到岸，在车辆上、下船时，整个码头都是刺耳的汽车高音喇叭声，越是此时人越是神焦气烦，生怕赶不上这一趟的轮渡船。在夏季，如遇台风，停航几天那更是常事，且无可奈何。在长途汽车站，不论是福州的售票窗口还是平潭县的售票窗口，直达车的车票只卖到当天上午11点左右，过后就不卖了，因为再迟的话，当天根本到不了目的地。买不到当天上午的直达票，就买半程票，如果是从福州出发去平潭岛，就先买从福州到福清的车票，到福清后再换乘私人中巴到码头，平潭到福州大致也如此，就是到码头后先过渡再说，过了渡剩下的路程就好解决了。

1992年1月1日，新的滚装大型轮渡投入使用，结束了人车分渡的历史，这样虽然提高了换乘的效率，但由于受跨海的客观条件制约，货、车、散客同乘一条船，散客在码头等候过渡仍旧十分耗时。在以后的多年中，虽然政府不断投资改造码头和加强轮渡运力，但仍不能满足人们出行的需求。1991年，福州开始规划兴建平潭跨海大桥。2005年10月20日，国家发改委正式发文批准平潭跨海大桥立项。在此基础上，政府部门决定先期建设平潭跨海大桥，为海西经济带的建设提供坚实的保障。在这个决心下，平潭跨海大桥在全省人民的关注下，于2007年12月1日正式开工建设。在开工建设后，党中央、国务院对福建的改革开放、加快海峡西岸经济区的发展给予了极大的支持和关注。大桥建设者们以"埋头苦干，真抓实干"的满腔热情和百倍的干劲在全省人民的关心和鼓舞下投入如火如荼的建设中。平潭跨海大桥在万众瞩目中，提前9个月于2010年11月30日正式建成通车。至此，彻底结束了平潭主岛与内陆只能靠船连通的历史。在此基础上，随后又扩建成双向四车道跨海大桥，设计时速为80公里。按此时速，原来最快2小时的过渡时间缩短为不到10分钟，这真是"一桥飞架南北，天堑变通途"。

在第一座大桥建成通车后，经党中央、国务院批准，2013年11月13日又开工建设了省内到平潭岛的平潭海峡公铁大桥。大桥于2019年9月底全线贯通，其中，2020年10月1日公路段通车试运营，2020年12月26日铁路段通车试运营。这是世界上第一座真正意义上的公铁两用跨海大桥，此大桥铁路段为福州至平潭，公路段为福州市的长乐区至平潭，大桥全长16.233公里，跨海段长11.15公里。其中，上层的双向六车道高速公路，设计时速为100公里；下层为双线铁路，设计时速为200公里。随着第一座跨海大桥的建成通车，往日两岸码头独有的"码头风情"已成往昔，过渡的烦恼也成记忆。

有福之州

霞光般撒开的路网

朱谷忠

七月的一天，从手机上看到一条讯息，说是这些年来福州市在推进地面交通基础设施建设方面，形成了以高速公路为骨架、干线公路为支线、农村公路为脉络、各级运输场站为节点，四通八达、快捷便畅、服务高效、环境优美的交通运输体系，有力地促进了全市经济发展和社会进步，提升了市民的幸福指数。

读罢，禁不住额首点赞了一下。

我点赞是有原因的。我曾与福州的交通部门打过几次交道，对他们留下了很深的印象。那是数年前，我去采访市区的交通建设情况，计划写一篇朗诵诗。接待我的一位同志说："我可以带你到福州城乡接合部的晋安区，接触、了解那里的交通路网发展状况，你便可以一斑窥全豹。"我接受了这个建议。然而，到了晋安区，我才发现自己对这个地方的认识几近空白。例如，许多地名是我第一次听说。我按捺着好奇心，细听了介绍，最终忍不住问区交通局、建设局的人："通过交通，是不是就可以看到一个正在发生着巨变、焕发着勃勃生机的晋安区？"

介绍人的回答是肯定的。

随后在走访中获悉，原来早在 2016 年，晋安的福兴经济开发区、连潘片区、鹤林片区路网就已陆续动建；后来，坂中东路、埔垱路、福飞北路、山北路、义北路北段建成通车，为缓解困扰五四北片区多年的交通难题发挥重要作用；而北峰山区等地，新改建公路工程和加大"四好农村路"建设工程全面铺开，全区有大半县道已改造并铺装沥青混凝土路面，自然村百分百通硬化路……这一切，无疑让人看到晋安区乃至福州市在突出城乡统筹，提

▲福州立交桥。陈建国 摄

升城市聚集力、辐射力、带动力，从而在依山拥港面海、打造宜居宜商宜业的园林城区方面彰显的魄力。

那次采访刷新了我对城市交通的理解和印象。一晃，几年过去了，没想到一则讯息又勾起我的回忆。

说来也巧，那天儿子开车从外地过来看我。午饭后稍事休息了一会儿，我突然来了兴致，叫儿子开车带我去晋安区兜风。儿子看我一副认真的样子，以为我在家闷得慌了想出去走走，随之应允。车在市区穿行，连绵的楼群从车窗两边缓缓而过，夹杂着树荫，闪烁着斑斓的光影。说实话，作为已在福州蛰居数十年的我，对不少路段和迎面而来的高楼大厦，已然叫不出名字。虽说有心理准备，但在倏尔穿越中，仍觉变化之快令人眼花缭乱。

在桂湖、林阳、新店等道路兜了一回风，披着午后灿烂的阳光，我们在一个停车道停了下来，眼前之景不禁让我感叹：在交替出现的高山榕、红叶石楠、蒲葵和格桑花的辉映下，一条条大道犹如玉带舒展，又似彩练飞舞；那路网串起的街巷、小区，每一处都是那样井然有序。

儿子问："这地方你来过吗？"我回答："是啊，前些年我在这一带采访过。"多年前，当这一片空寂的郊区工地打下第一根桩时，有多少人能预见，未来这里会取得如此傲人的业绩？

儿子笑着说："变化确实很大，我有几次来福州，稍不留神，都走错路了。"

可不！梦启蓝图，宏开新局。昔日的郊野如今已实现了现代化新城的嬗变，高楼林立的城区仿佛在一夜间拔地而起。产业园区、鼓岭景区、北峰山区，还有现代商贸圈、高新技术产业圈，都在实现着自身新的跨越。

这还得益于晋安区交通路网自启动之初就摒弃了单一发展的模式，坚持服务产业与城区同步推进，不贪一时之功，不图一时之名，一茬接着一茬，一张蓝图绘到底。多少奋斗着的建设者，上下一心，把精细、精致的理念落实到新建、改建中，落实到街道、管网、水景规划的每个环节中，确保城乡建设的水准和品质。如今，从区域伸向港口、商贸区，以及山区各个村落，一张立体的交通建设网络铺在福州这块神奇又美丽的土地上。

现在福州的交通网络可以说是"铺展得比天上的霞光还要灿烂"。就在这张路网里，那山、那水、那港、那街、那巷，各呈其色，各彰其魅；而这些充满雄心壮志的新规划，更是点亮了这座城市奔跑的方向……

有人说过，在任何地方推进现代化建设，都应尊重城乡土地的自然肌理，尊重城乡的人文历史，尊重民生的真正需求。令人高兴的是，福州正是践行这样的生态建设理念。眼下，穿行在晋安区，令我感触颇多的还有已经修复的大北岭古驿道。这是"福温古道"中的一段，曾为古代学子进京赶考的必经之路，已历经千年。同时，整治好的还有鼓岭景区风貌，兴建的鼓岭嘉湖和寿山石馆景区，游人络绎不绝。

一路看将下来，不觉已近傍晚。我注意到，在路旁、桥上、沟底、路面等处有很多劳动者，正是他们的辛苦付出，才建成了福州四通八达的路网。

福州福州，有福之州；福从何来？奋斗得来！

从春风到秋月

赵 玉 明

周日，清晨。

手机铃声响起，是阿香。阿香说："明姐，我搬新家了，中午过来吃饭。我也请了另外几位残友，我们好久没见面了，今天聚一聚吧。"

阿香买房了，我有些吃惊。去年春天的时候，阿香刚申请到公租房，只住了一年，今年就买新房了，真是为她高兴。我在电话里祝福她："恭喜阿香妹妹，我今天一定去参观你的新房。"

电话的那一端，阿香笑呵呵地说："明姐，我没买新房，是重新申请了公租房，从春风苑搬到秋月苑，比原来的好……"

原来如此。从春风苑到秋月苑，都是公租房，又能好到哪里去？

阿香是连江人，幼时因患脊髓灰质炎留下后遗症，双腿瘫痪，需轮椅代步。因行动不便，阿香从未上过一天学，自懂事起就在家帮父母做力所能及的家务活。后来父母到福州打工，她也跟着父母到福州生活。

我想起去年春天去阿香家的情景。那时，阿香一家刚搬进春风苑的公租房，我去她家看她。春风苑小区位于福州市仓山区建新镇福湾新城，这里是福州市规模最大的社会保障性住房集中区，共有春风苑、夏雨苑、秋月苑、冬阳苑4个小区，有近百栋住宅楼。这批住宅楼的建成极大地解决了福州市民和外来务工无房人员的住房问题。

那天，我随着导航的引导，开着残疾车进入春风苑。小区里地面洁净，绿树成荫，行人车辆秩序井然。进到阿香家里，环顾四周，客厅、卧室、厨房、卫生间等，一应俱全。但只有45平方米，实在是太小了。客厅连着厨

有福之州

房，卧室连着阳台。卧室的床是上下铺，女儿睡上铺，夫妻俩睡下铺。客厅里除了餐桌，还有一张折叠式沙发，挤得满满当当。阿香与丈夫又都是轮椅族，如此狭小的空间，实在拥挤不堪。

阿香向我解释："这是几年前申请的公租房，当时按夫妻两人户型申请。那时无现房，到现在交房住进来，孩子都已经6岁了，公婆也从乡下过来，帮我带孩子。两个人的房子一下子住了5个人，就挤成这样了。"

阿香又说："好在这公租房的房租低，而我是重度残疾人，市国房中心按政策规定，又免除我家的物业费。挤是挤点，但减轻了我很大的经济压力……"

我知道阿香的艰难，但更钦佩阿香的达观。她与我说着这些，没有丝毫抱怨和不满。我建议阿香再重新申请大户型。阿香肯定地说："是啊，明姐，实在太挤了，我准备申请三人户，已经到社区拿了申请表。"

没想到刚过一年，阿香就顺利地申请到了新房。

我匆匆吃过早餐，到阳台挑选了一盆菊花。这盆红色的菊花，大大小小的花朵，开得满满一盆。金灿灿的花蕊和层层叠叠的红色花瓣，鲜艳明亮。如果放在阿香新房的阳台上，一定是既红火又喜庆。

我开着残疾代步车向阿香家驶去。初秋的榕城，依然一派夏日景象，树木葱绿，鲜花吐艳。粉色异木棉含苞欲放，紫红的三角梅开得炸裂。路边的榕树，葳蕤的枝条伸向马路上空，相连交错，形成拱形的绿色穹顶，来往车辆宛如穿行在一条绿色隧道中。

进了小区，我看见阿香家楼下门口的空地上竖着一块牌子，蓝底白字写着"无障碍停车位"。地面上也有白色油漆的"轮椅"图案，清晰醒目。这些暖心的设施，让我倍感亲切。我不禁感叹这个小区的服务真是周到——把靠近楼梯口的位置设置为残疾人停车位，就算是雨天，阿香也可以最短的时间回家。

我进屋的时候，阿香为我开门。客厅里，先到的朋友们坐在沙发上喝茶聊天，谈笑风生。阿香带我参观房间。这次的新房比原来大了许多，而且女儿有了单独的卧室，小姑娘的床上罩着白色的纱帐，铺着粉色的床单，处处

左海星辰

都是温馨的小女生气息；客厅也很宽敞，阿香的轮椅转动起来很是方便。最让阿香高兴的是，这次新家里的所有房门的宽度都能让轮椅轻松出入；不像在春风苑，厨房的门框太窄，入住时不得不进行改造，折腾得好辛苦。

阿香带我参观完新房，就摇着轮椅去厨房做饭。她的厨艺极好，一番忙碌，排骨汤、白灼虾、香辣蟹、炒青菜，色香味美。最让人叹服的是煎芋饺，圆圆鼓鼓的馅，焦黄焦黄的皮，看着就想迫不及待地咬一口。

席间，小瑜姐指着阿香说："阿香是我捡来的女孩……"大家不知所云，有些不解。

小瑜姐说，十几年前的一天，他们几个残友骑车在路上，看见身后跟着一个摇轮椅的女孩。残友们就停下车，小瑜姐走过去与阿香交谈。阿香说想去残联找工作，也想认识他们这群朋友，小瑜姐就这样"捡"到了阿香。

那时的阿香刚到福州，想找一份工作。她先到社区咨询，社区让她去找残联。阿香就摇着轮椅去残联，在路上就遇到了小瑜姐。十几年过去了，这个女孩已经在福州安家立业，为人妇、为人母，住上了宽敞明亮的房子。

阿香坐在小瑜姐身边，因为红酒的原因，更因为幸福的原因，双颊绯红。她望着小瑜姐说："我能被小瑜姐捡到，真是太幸福了。小瑜姐帮我到残联报名学电脑打字，又介绍我到省肢残人协会上班，现在又到淘宝客服上班，真是感谢小瑜姐！"

小瑜姐伸手爱怜地抚摸了一下阿香的头，说："傻丫头，不用谢我，要感谢你自己的勤奋努力，也要感谢现在的好政策。"

"是啊，有了工作，成了家，有了住房，这些只是我原来梦想的事情，如今一下子都成了现实。真是梦想成真，我真的很幸福……"阿香说。我分明看见她眼里闪动着晶莹的泪花。

这是幸福和喜悦的泪花。试想，一个从未上过学的女孩，学习电脑打字，找到工作，自食其力，成家立业，有了新房——这一切除了因为赶上了好时代，也与她勤奋好学、追求上进密不可分。

饭毕，我们几个朋友在客厅里喝茶聊天，直到太阳偏西，才依依不舍地告别。阿香摇着轮椅把我们一行送到楼下。

在楼下，阿香指着小区围墙外的地铁站说："地铁 5 号线开通了，我天天都是摇着轮椅坐地铁去上班，而且残疾人凭证免费。"

谁又能想到，当初偏僻的福湾新城，不但为无房市民提供了大量的住房，地铁也建到了家门口。政府有序的规划让更多的市民享受着便利的生活，这便利也惠及摇着轮椅的阿香。

春风苑、秋月苑，多么令人陶醉的名字啊。从春风到秋月，我一直固执地认为，为这些小区命名的一定是一位诗人。春风秋月，夏雨冬阳，政府出台建设的这些保障房，让低收入人群在这里居住，既安身，又安心。人生的四季烟火，既平淡从容，又诗意盎然。

"茉莉花"香飘世界

杨国栋

　　站在高山之巅，俯瞰三江口马尾海港辽阔无垠的大海，可见一艘艘威武的军舰风驰电掣般冲击着汹波骇浪，一批批商船翻卷出雪白的浪花，一排排大型邮轮犁出激烈的飞浪；暴风又时不时地将滔滔不绝、喧嚣不休的奔腾巨浪塑造成让人惊奇的阔大画面。当人们从高空处欣赏风云变幻的江海交辉时，总能被岸上那一片片高大宏伟的建筑物所吸引，而最让人魂牵梦萦的，便是那清新的五瓣"茉莉花"大型建筑。它悠然峭立、优柔静卧、优雅绽放，以其特有的历史文化魅力和绝美的地域风情，抚平大海的喧嚣与飞浪的激烈，彰显出现代化背景下大型文化音乐建筑的深邃意涵。

　　所谓三江口之"三江"，指的是闽江、乌龙江和马江。风云激荡、岁月流转、沧桑巨变的马江，在长度、宽度与深度上或许无法同国内其他大江大河相比，但是马江海战一仗铸就了福州儿女的爱国情怀，万世铭记！

一

　　芬芳洁白的茉莉花，原产于印度，进入华夏后盛产于中国南方亚热带地区。茉莉属于木樨科，素馨亚科，素馨族，素馨属，花白叶绿，色泽分明，透亮清新。

　　茉莉花芳香沁脾，高雅、娇美、清丽，耐品耐看且不故作姿态。宋代诗人江奎在《茉莉》一诗中赞誉道："灵种传闻出越裳，何人提挈上蛮航。他年我若修花史，列作人间第一香。"诗人所说的"蛮航"，指的是闽江航行。由于茉莉花茶深受北京人喜爱，故而京都百姓还将福州茉莉花茶列为"茶之

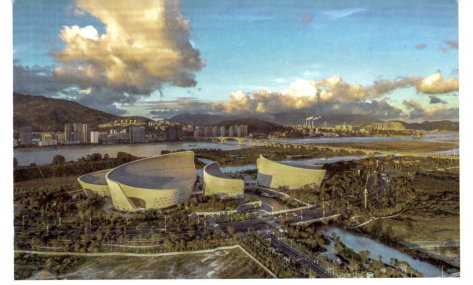
▲海峡文化艺术中心航拍。陈暖 摄

饮品之首"。有关茉莉花的吟诵诗作千年不衰。宋代诗人杨巽斋在《茉莉》中吟咏:"麝脑龙涎韵不作,熏风移种自南州。谁家浴罢临妆女,爱把闲花插满头。"而民间百姓对茉莉花的记忆更多缘自那首人人耳熟能详的经典民歌——《好一朵茉莉花》。清新的民族歌曲,带着茉莉花的芬芳馨香,漂洋过海,来到西方高雅的演出场所。世界著名歌剧大师贾科莫·普契尼的传世经典之作《图兰朵》,将中国传统民歌小调《茉莉花》作为主要音乐素材之一。20世纪70—90年代,新中国人造卫星上天,播送的音乐也有《好一朵茉莉花》。淡雅清新的曲调、优美舒缓的节奏、朗朗上口的词文,不期而遇地撞击了各国人的审美与鉴赏,客观上也为中西文化交流、相互借鉴搭建了桥梁。

"茉莉花"广场面积约1万平方米,连接马航洲生态湿地公园与福州海峡文化艺术中心5座主体建筑,内有音乐喷泉,延伸至江内的景观平台,以及酒吧花瓣、舞者花瓣、观景花瓣。茉莉花花园里有大片洁白、芬芳的茉莉花,还有遮天蔽日、冠幅伸展的榕树小山丘。茉莉花是福州市花,榕树是福州市树,绿色和白色,相互映衬,生机盎然。郁郁葱葱的马航洲湿地公园,是鸟类的天堂,吸引无以计数的鸟儿在此生息。这里也是鸟类的重要繁殖地、越冬地和停歇地,几十种鸟,如白鹭、夜鹭、鹛鸟、鹑鸟,在一阵阵嘶鸣高歌中成为马航洲的常客。

不仅仅中国人喜欢茉莉花,世界上许多国家的人们,包括达官贵人也很喜欢。将洁白的茉莉花视作爱情之花，几乎是世界各国青年男女的共识。把洁白美丽的茉莉花织成花环，戴在客人颈上且垂到胸前，则表达尊敬与友好。在国内外一些歌舞厅，给舞台上唱歌的演员敬献茉莉花也是一种表达美好祝福的惯例。

"茉莉花"大型歌舞剧院的外部，鲜亮的青绿是主旋律。周边的公园或穿行而过的大道边，种植了蓝花楹、美人树、洋紫荆、黄花风铃木、黄山栾等，之后又成功试种柳叶马鞭草、粉黛乱子草、紫穗狼尾草、小兔子狼尾草等多年生草本植物，绿色植物与各色花卉铺就了连贯的十里花径。在金沙飞舞景区的东侧围挡内，生态环境也得到了改观。在一些线条交错的大桥景观下面，绿树、繁花、田野、大江……绘就了一幅幅生态宜居的美丽画卷。

许多义务植树和绿色氧吧维护者，在"茉莉花"大型建筑周边，积极践行"绿水青山就是金山银山"理念，打造亲水、生态的城市轴线。火车南站、南公园、梁厝河至马航洲湿地遥相呼应，横贯东西；马杭洲河、闽江、乌龙江隐隐相连，贯穿南北，十字形长廊成为三江口片区锦上添花的新景观。为此，福州海峡文化艺术中心大型建筑于 2021 年获得了美国缪斯设计奖"文化建筑"类的铂金奖。

二

摇曳多姿、清纯青绿的毛竹，是福建的骄傲。福建毛竹面积、品种、产量、数量为全国最多。据史籍记载，福建的毛竹又称闽竹，福建省各地市均有。闽竹的品种繁多，如紫竹、罗汉竹、红竹、唐竹、橄榄竹、毛竹、箬竹、观音竹、方竹、湘妃竹、凤尾竹、龟甲竹、金镶玉竹、小佛肚竹、水竹、富贵竹、凤凰竹、青皮竹、淡竹、大明竹、江山倭竹、花毛竹、斑竹、美竹、雷竹、红边竹、毛金竹。唐朝诗人贯休《秋晚野步》诗云："藤屦兼闽竹，吟行一水傍。树凉蝉不少，溪断路多荒。烧岳阴风起，田家浊酒香。登高吟更苦，微月出苍茫。"由此可见，早在大唐甚至更早的时候，闽竹就扬名华夏了。竹所喻示的气节与精神令人称赞。"扬州八怪"之首的郑板桥一首七言绝句《竹石》天下闻名："咬定青山不放松，立根原在破岩中。千磨万击还坚劲，任尔东西南北风。"苏东坡也对青竹高度赞扬，有诗云："宁可食无肉，不可居无竹。无肉使人瘦，无竹使人俗。"

有道是"素竹为肤，陶瓷为骨"。"茉莉花"大型建筑的设计师们充分利用了毛竹这一福建特产，在设计中铺排了大量的毛竹元素。每一个场馆前，都有一条宽敞的曲线长廊，长廊内可见大面积铝方通敷的竹皮墙面——钢骨与劲道，坚韧与温和。

如今，站在山巅遥望闽江下游三江口，巨浪惊涛常常与嶙峋陡峭的岩礁撞击出偌大的水花；船舶逐着江海交汇的奔腾巨浪，驶入海上丝绸之路。在水天一色的苍茫中，"福州蓝"与"福州绿"永远是愉悦心情的色彩。

2018 年 10 月 10 日，"茉莉花"歌舞剧院组织首场演出获得了巨大成功。近年来，剧院积极作为，采用线上线下等多种方式进行展演交流，被世人誉为福州版的悉尼歌剧院。

夕阳西下，我看见映照在浪峰上的霞光又红又亮。近海的潮水依然汹涌，巨浪猛烈地撞击着岩礁，溅起的浪龙在霞光中透亮晶莹……

福州的冬天

姚俊忠

如果哪天我离开福州，漂泊到其他城市求生，最割舍不下的，就是福州的冬天。

福州的冬天，山是绿的，远远望去，一大片一大片，就像水墨画。这种绿是纯粹的，不掺和一点杂质；这种绿也不张扬，仿佛理所当然就应该在那里。街道是绿的，一长串一长串伸向远方；河岸也是绿的，高的矮的、方的圆的，错落有致。

生活在福州的人们，司空见惯了这种绿，似乎并不在意它的存在。但是，从其他城市来的人，特别是从北方来的，且来的季节又刚好是冬天，那他一定会发出惊叹。

有一次出差坐飞机回福州，座位旁是一位年轻人，后来在机场大巴上又刚好坐一处。年轻人朝窗外看去，一动不动。

我是个爱搭讪的人，主动凑上去问："看什么呢？"

年轻人一口的京腔，感叹道："真美！"头也没回。

我自言自语地说："哪美了？"

"都是绿的！"年轻人向我稍微转了转头，算是回答我了。

我这才意识到，这绿对我来说再平常不过了，但对他来说，却是如此稀奇。

福州如此之绿，得感谢树上的一片片绿叶。每片叶子，任凭秋风劲吹，仍旧傲然挂在枝头，不肯轻易凋零，苦苦坚守整个冰冷的冬天；等到春风来时，看见新叶冒出嫩芽，才依依不舍地飘然而下。

有福之州

这个城市的冬天被温泉温暖着。城里城外，到处都是温泉。有平民消费的小澡堂，花上几十块钱，就可以舒舒服服地泡个温泉澡；也有室外游乐型的温泉，玫瑰浴、牛奶浴、中药浴；还有不同水温的大大小小的温泉池，泡温泉时可欣赏音乐、观看舞蹈等。一位外地的朋友泡着温泉，满足地说："如果在福州，每周至少来一次。"

从小到大，我足足长了30多年的冻疮。手、脚、耳，冬至前后，就不管不顾地准时冻上。冻疮这玩意，冷时疼、热时痒，又拿它毫无办法。为了对付它，各种方法用了个遍，就是不见好。最后绝望到不得不听之任之。可自从调到福州工作，冻疮立刻自动缴械投降了，消失得无影无踪。

从此我爱上了福州，冬天舍不得离开半步。

东北的朋友常说"猫冬"。第一次听说这个词觉得挺新鲜，不明白什么意思。东北的朋友解释说："冬天就是像猫一样，一动不动，躲在炕上取暖。"估计是自嘲的说法，但在北方室外，冬天确实难得见上几个人。

这位朋友来福州没住两天就急着要回去。他对我说："我得回去了。你们这太冷了，受不了！"

我差点笑出声来："福州的冬天难道比东北还冷？""我们那温度低，可到处都是暖气。一进屋，就暖和了，最多穿件毛背心。"这位朋友不屑地说道，"哪像你们这儿，屋里屋外一样冷，躲都没地方躲。"

就像那位与我同乘飞机的年轻人喜欢福州的绿让我感叹一样，东北朋友的抱怨也让我感叹——一方水土养一方人。

而我，无论身处何方，都会像那片榕树叶，纵然必须飘落，也要落到福州大地温暖的怀里。

偷记忆的人

陶中森

"你为什么会想来福州这边啊？"

刚到福州的第一个星期，很多人问过我这个问题。

"因为我一直都很喜欢这里。"我这样回答着，未做过多解释。

其实我大概清楚，在喜欢的背后还隐藏着更深的原因——远在十几年前，远在一千公里外的河南老家。

从那时起，我就开始喜欢这里了，因为我是一个会"偷别人记忆"的人。

念初中时，班上转来一位新同学，讲着与方言不同的普通话，开朗明快，听说是从福州回来的。后来这位新同学成了我的同桌，课间休息时他总是有各种有趣的故事与我分享，而我也成了他最忠实的听众。印象最深的是，他和小伙伴一起去荔枝园里摘荔枝。小孩子贪吃，小伙伴摘一个他就吃一个，结果吃着吃着突然流鼻血了，估计是吃得太多上火了，最后被爸妈责骂了一番。从此他在我这里的绰号就变成了"荔枝"，而"荔枝"在福建生活的点滴也经由他的分享在我心里种下了向往的种子。但那时的向往是很朦胧的，是因为故事本身还是因为讲故事的人，是出于好奇还是出于喜欢，往往并不能分辨得十分清楚。

整个中学时代，"荔枝"一直是我十分珍贵的友人。年岁渐长，课业越发沉重，那些略显稚嫩的故事逐渐不被提起。及至大学，我与"荔枝"渐渐失联。在走向各自的人生道路中，我对福州及福建地区的喜爱之情也渐渐被深藏。

▲ 果实累累的古荔枝树。陈暖 摄

　　来到福州，生活中不时出现的各种荔枝元素将我与从前的日子连起来。市场里种类丰富的水果荔枝，餐桌上甜腻的特色菜荔枝肉，乌山脚下双骖园里古老的荔枝树，博物馆里陈列的蔡襄《荔枝谱》……它们都让我无法不想起那位绰号为"荔枝"的同学。兴奋、感慨与难过的心情持续交织着，我终于来到这座从未到达却在记忆深处的城市，将生活中的荔枝图片分享至社交平台，我想，我把他的记忆偷走了。

　　带着这份偷来的记忆，我开始了在福州为期一个月的实习生活。时光太短，尚无法触及这座城市的内核，但目光所及已尽是新鲜。荔枝于我，也渐渐指向了水果，我明白，我已经开始有了属于自己的福州记忆。

　　穿行于大街小巷，难以不对行道树榕树印象深刻。更新奇的是，在这里还能见到十字路口正中央矗立着榕树和信号灯的和谐景象。有一次，我看到工人正围着一棵大榕树施工，上前询问得知，这棵榕树已有几百年的历史了，他们正在砌墙以支撑树干，避免枝叶过重将树压断。真不愧是榕城啊！榕树之于福州，并不只是城市宣传的形象代表，而且还是真正

左海星辰

与城市发展和谐共生的树，它提醒着来往的行人车辆遵守交规，也见证着这个城市的发展；福州之于榕树，则提供了一个良好的生长环境，赓续着种植和保护的传统，让榕树更长久地庇佑着福州的水土与生民。

下班后经常和同学一起骑行回去，在鼓楼到晋安的途中跟随着电动车大军穿过马路，遇到街边的小吃店就停下来。于是锅边、捞化、肉燕、鱼丸都一一尝过鲜，糖水如四果汤、花生汤、冰粉也都一饱口福，算是北方人的不虚此行。回程的路上需要先爬坡再下坡，迎着风滑行的时候会有一种在这里待了很久的错觉，从容又闲适，这是专属于福州的惬意！周末时分，我曾在江心岛看落日与远山逐渐变换位置，残影倒映在闽江里，"半江瑟瑟半江红"；还在蜿蜒如玉龙的福道上远眺霓虹下的城市夜景，在游船上欣赏闽江沿岸的灯光与风光；也曾在平潭日出前的沙滩上留下面朝蓝色大海的剪影……真是一个令人难忘的夏天啊！

一个平凡的工作日午休时间，趴在桌上快要睡着时，手机提示音响起——"荔枝"同学点赞了先前的荔枝动态。我照常闭上眼睛，嘴角止不住地上扬；我再次睁开眼睛，热泪在眼眶里打转。十几年前的情感蛰伏在心间成为一种执念。因福州而起的友情因福州而接续。我把别人讲给我的故事和情感慢慢化为自己的情怀和记忆，然后铸成自己的躯壳，偷记忆的人在福州创造了自己的专属记忆。

一蔬一饭是人生

蔡都雅

"市列珠玑，户盈罗绮，竞豪奢。"这是宋代词人柳永笔下繁华的百姓生活之景。从宋代打破坊市制度开始，中国的市场文化渐显雏形。千年间的腊尽春回，市场文化早已根植于百姓心中。其中，菜市场更是百姓生活中必不可少的场所。

中国幅员辽阔，八大菜系闻名于世。要写美食，就不能只写"鲜鲫食丝脍，香芹碧涧羹"的鲜美和自然，还要写"净洗铛，少著水，柴头罨烟焰不起。待他自熟莫催他，火候足时他自美"的循序渐进和"白菜青盐糙米饭，瓦壶天水菊花茶"的质朴清雅，更少不了"一粥一饭，当思来之不易"的物力维艰。时间，在热气腾腾的厨房里流淌，在一张又一张的餐桌上轮转，在饭后细细绵绵的闲谈中溜达。再多的篇章，再瑰丽的文辞，也写不尽百姓心中对食物的向往和耐心。我想，菜市场作为各种食材的集大成之地，可以算得上是老百姓心里"流着牛奶与蜜"的应许之地吧。

对菜市场最初的印象来自儿时在福州的一个临海镇子生活时母亲带我去的菜市场。

想进入菜市场，要先踏上几层台阶，再逐级而下。站在台阶上往下看，它面积不大，层高很低，只靠着外面射进来的阳光才有了光亮，里头熙熙攘攘，挤满了附近的居民。靠近台阶处，是一家早餐铺子，里面有一张长桌，远处是老板娘低头包扁肉的身影，精巧的动作下，不消几秒，一个小巧的扁肉就成型了。近处是大快朵颐的顾客们。长桌后面是两口大锅，一口炒米粉，另一口煮扁肉。阳光从上方的窗口里射进来，想来也是被香气四溢的拌面扁肉给绊住了脚步。往里走，左手边是豆腐区，右手边是果蔬区。我极喜欢果蔬区，这里有泥土混着菜叶的清新，有色彩缤纷的水果。最里面，则是年幼时我最不喜欢的生鲜区。还未踏进这个区域，鱼腥味、肉腥味就裹挟了我，飘着洗剂味的衣服一下子染上了海风的气息。站在生鲜区，目光所及之处，是放在泡沫箱里、和大块冰块重叠在一起的鱼类，是挂在钩子上红白交杂的肉类，是还流着血水的砍骨刀。要是不小心碰到摆放食材的台子，手会被冰碴或鱼鳍刺痛。

这是我老家的菜市场。

后来，我也随着家人去过福州其他的乡镇，看到了更多元的菜市场样貌。在更偏远的乡镇里，菜市场并不是一个摊位划分齐整的固定区域。商贩们开着车来，停在某个路边，把携带的蔬菜、水果、鸡鸭肉，随意摆开，再把用红色记号笔写着"自家生产""3 斤 10 块"一类的标语牌往简易的箱子里一插，一个摊位就支起来了，接下来就是打开喇叭，开始吆喝揽客——这也是菜市场。又或是个体商贩挑着扁担，扁担两头的筐里是自家种的蔬菜和养的鸡鸭，看到合适的地方，把担子往地上一放，便开始等待顾客来买——这是流动的菜市场。

那时，我对菜市场是有偏见的——这是一个喧闹、昏暗、潮湿、无序，混杂着各种复杂气味的场所。商贩们把形形色色的食材摆放在一起，大声吆喝。买菜的人揣着钱包，在各色的铺子前驻足，挑选、讨价，最后带着胜利者的得意，提着红色或蓝色的塑料袋前往下一个铺子。

很多年后我回到老家，却发现楼下的菜市场脱胎换骨了——清晰明了的招牌，亮堂堂的内厅，整齐划一的商铺，地上再也没有冰水混着血水的脏污，商贩们也与时俱进，在店铺门口挂上了支付宝和微信的收款码。这和我记忆中的菜市场完全不同。于是，趁着买菜的间隙，我问老板，这转变从何而来？老板笑眯眯地说："政府规划的呀！村里花钱重修了这个菜市场。"心存疑惑的我并未深究。回城区后，我陆陆续续又去了几个农贸市场，清一色的高颜值菜市场，而且市场墙面上都贴着负责人的电话，以及监督举报的方式。

我这才留意起菜市场的"前世今生"。

我了解到，这些年来，政府对菜市场这一农产品零售终端进行了系统规范的建设与改造；同时也加强市场地面的优化、水电系统的升级和商铺顶棚改造。部分地方政府开始借助新媒体，打造"明星市场""网红市场"和"直播交易"。"智慧农贸"理念深入菜市场交易。市民们买菜只需要带一部手机，便可以轻松支付。商户们通过二维码实现智慧收款，再也不需要一边套塑料袋，一边接过纸钞找零。当然，这仅仅是线下农贸市场的繁荣和便捷。

对于忙于工作的职场人士来说，早起去线下的菜市场购买日常所需要的食材显得有些不切实际。于是各种线上超市、线上买菜 APP 应运而生，即时配送的移动互联网购物平台，给庞大的职场群体带去了便捷和极速的购买体验。

菜篮子是民生之重。老百姓拎着菜篮子回家，篮子里不仅有一家人的果腹之源，还有沉甸甸的获得感和幸福感。人生哪，便是在一家子的一蔬一饭中悄悄溜走的。

风采依然工业路

官金水

一条工业路，半部福州发展史。

福州工业路已有 70 年的历史。1953 年，福州乘上新中国第一个五年计划的时代列车，在这里迈开工业生产的第一步，道路两旁迅速矗立起 30 多家工厂。从那以后福州总算有了工业，结束了笑谈"福州三座烟囱（白塔、乌塔和排尾火电厂烟囱），仅有一座冒烟"的历史。

工业路曾经是一代福州人的骄傲。为了福州工业的崛起，政府专门从上海引进专业技术人才，他们带来大城市工人的风采。福州很快就有了本地品牌，从牙膏、牙罐、保温瓶，到罐头、味精、塑料鞋，再到有科技含量的车

▲ 工业路西禅寺附近盛开的羊蹄甲。陈暖 摄

有福之州

辆、轧钢、显像管，福州大步迈入工业化时代。

我从小住在工业路边上，那时家里没有时钟，工业路上的汽笛声就是我上学的钟声。我常怀着敬慕之情到工业路走走，感受福州工业化的气息，感受工人豪迈的气概，心中也不免期盼着未来能在这里的工厂上班。

从洋头口进入工业路，最先看到的是酿造厂和罐头厂，往西北走，最后到筑路机械厂。一路上听得到厂房里曾经被描写成"时代乐章"的机器轰鸣声，看得到烟囱上曾经被描绘成"黑色牡丹"的滚滚浓烟，再看看工人们穿着整齐的蓝色工装，我感觉工业路是福州最美的地方。

进入 21 世纪，随着时代的发展，产业升级、技术进步，福州采取统筹规划、积极推进的原则，"搬迁一批、关闭一批、提升一批"，优化城市功能布局，改善城市生态环境。福州工业路开始华丽转身，隆隆的机器声渐渐消逝，滚滚的黑烟缓缓消散，鳞次栉比的厂房慢慢消失，工人上下班的盛景静静地淡出，繁忙的工厂徐徐降下帷幕。

然而时隔不久，工业路迎来新生机。曾经一条道走到底的工业路，与周边的白马路、二环路、上浦路、杨桥路交叉，地下隧道穿过白马河，上面立交桥连贯东西南北，穿过文林山隧道向北延伸……它们交织在一起，形成地面、地下、桥上、桥下车来车往的盛景。

曾经厂房林立的工业路变成了商贸路，宝龙城市广场、宝龙万象城、宝龙地下商场、苏宁广场、华润万象城等，像一颗颗明珠镶嵌在工业路上；城市的轻音乐替代了机器的轰鸣声，五光十色的夜景替代了夜间静寂的厂区……一年四季，人们在这里购物、休闲、娱乐。工业路变了，彻底变了，就像工装换成了旗袍，麻鸭变成了白天鹅。更有那西禅寺的晨钟暮鼓、大学校园的青春气息、福建老年大学的"夕阳红"为这条路增添了许多人文气息，工业路变成了文化路。

每年的四月天，工业路是这座城的网红打卡点。春风吹拂姹紫嫣红的羊蹄甲花，招来蜜蜂和蝴蝶，也引来无数赏花的市民。人们沉浸在春色无边的山水公园里赏花，似乎忘了工业路的历史。

左海星辰

碗中日月

陈颖频

民以食为天，倘若我们能在寻找美食中获得乐趣，可谓人生一大快事。把那些记忆中的美食收拢在一起，就是一碗热气腾腾的人间烟火！

眼前有一个小小的瓷碗，盛过清粥小菜，也盛过大鱼大肉……在时光的变迁中，碗中之物也悄悄变化着，从管饱到吃得好、吃得精，甚至到讲究饮食的趣味之美。

记得母亲年轻时，厨房里的大锅小锅都被她刷得铮亮，如今才知那时是没什么东西可煮，锅碗自然干净了。那时吃肉是种奢侈，母亲就用清水煮芥菜头哄孩子们说是"猪蹄"，可蘸着酱油下饭。如今，我已能烹制出让人垂涎三尺的红烧猪蹄，但每次烹制这道菜时，回想起小时候母亲哄我们的情景，难免心头一酸。后来，生活一天天地好起来，母亲又是一个巧妇，喜欢做各种面食，比如番薯面、芋头面、饺子等，把孩子们宠得"珠圆玉润"。她还会发豆芽、磨豆浆，所愿不过是让孩子们吃上鲜嫩又甜美的食物。

为了挑选新鲜的食材，母亲每天大清早就去菜市场"淘菜"。而对于我这样面对高压锅冲气的嗞嗞声都害怕的人来说，去菜市场买菜最是难以忍受。感觉菜市场里到处是湿漉漉的，且杂乱无章，脚不知该往哪处踩，各种肉味、海鲜味混合在一起，让人极度不舒服。虽说菜市场的食材是丰富的，但场地小、卫生差，我尽量能不去就不去。后来，城市有了永辉超市、新华都购物广场、山姆、沃尔玛、盒马鲜生等商超，这些购物场所干净整洁，货物摆放整齐有序，物品种类繁多、琳琅满目，在欢快的音乐中，顾客信步搜寻自己想要的食材，轻松又惬意，让人觉得买菜也是一种休闲或消遣。

有福之州

从简陋的菜市场到高大上的商超，我们的生活方式发生了改变。然而，对于上班族来说，去商超购物也只能在晚上或者周末，每次淘食材也要花掉很多时间。2020年，疫情改变了许多人的购物方式。我也尝试着网购食品，了解各种送货到家的购物链接，下载各种好用的购物软件或者小程序。随着福州数字经济规模的突破和软件的合理运用，网络购物兴起并不断渗透到生活中。

新疆的西梅、福安的巨峰葡萄，甚至是秘鲁的蓝莓……打开手机软件，点开自己想要的食材下单，半小时左右就能送货到家。网络订购食材的便捷让我的生活更加有条不紊。我每天下班，在车上先打开购物软件选择食材，等到家时，送货员也把食材送到了，感觉像免费请了一位钟点工，节约时间的同时身体也得以休整，也更乐意在烹调上多下点功夫了。

红黄相间的西红柿蛋汤、亮油油的红烧肉、酸甜适中的荔枝肉、鲜香滋补的鲍鱼粥……即便不擅长烹饪，打开手机一搜菜谱，照着步骤做，人们也能煮出香喷喷的美食了。日复一日，年复一年，碗中的一饭一蔬储藏百般滋味，碗中日月叫人回味万千。

看电视

鲁 力

儿子知道我们常宅家看电视，于是虎年春节前买了一部 86 英寸的大彩电送给我们。大年三十，一家人吃过年夜饭就聚集在客厅里，嗑着瓜子，吃着水果、奶糖看春晚，直到迎来春天的第一响钟声。

记得生平第一次看电视，那是 20 世纪 80 年代初在一个中学的礼堂里。一天，老师拿了 3 张电视票，奖励班上语文半期考前三名的学生，我有幸也拿到了一张票。不到晚上 7 点，有 300 个座位的学校小礼堂就已人头攒动，座无虚席。7 点整，那台 12 英寸的黑白电视机放在讲台上，在一闪一闪的雪花似的屏幕里出现了《新闻联播》的画面，大家一阵骚动，300 多双眼睛盯着小小的屏幕，如饥似渴地捕捉着那闪烁跳跃的影像。

我记得，那天晚上播的电视剧是《霍元甲》。霍元甲拳打日本浪人、脚踢俄国大力士的英雄形象，看得我们热血沸腾。当年竟没有一个人觉得那台电视机很小，图像不清晰，3 个多小时都没人离场。晚上 10 点多，电视节目播完之后，我们大声地唱着"万里长城永不倒，千里黄河浪滔滔……岂让国土再遭践踏，这睡狮渐已醒"，高高兴兴地走回家。

20 世纪 80 年代初，改革开放的春风吹遍了中国大地。弟弟从国外回来探亲，给家里带来了第一台 14 英寸的彩电。那时，我们住在市郊的一个小院里。母亲非常好客，每天晚饭后，周围邻居总是三五结伴、扶老携幼到家里看电视。每当有好的电视剧播放，客厅里总会挤满观众。这时的小院里，电视的音乐声、孩童的打闹声、家长的呵斥声交织成"小院交响乐"，回荡在空旷的夜空。电视节目结束、观众走后，小院里才静下来，耳边又传来

"呱呱呱"的蛙叫声。天上的星星一闪一闪，夜幕越来越浓，一切又都淹没在黑夜之中。

今天的世界，网络已从根本上改变了人们的生产与生活方式，当然也包括我们迎接春天的方式，只有那首不变的《难忘今宵》在春晚的舞台上送走了一年，又一年。

万物互联

孟祥君

　　福州智慧城市调度平台中的水系联排联调系统获得世界智慧城市大奖（中国区），第五届数字中国建设峰会成功举办，电子政务方面实现99%"一网通办"……在新冠肺炎疫情肆虐、全球通货膨胀、经济下行压力增大的情况下，福州数字经济"一枝独秀"，成为经济发展的新动能。

　　马尾是全省唯一集国家级经济技术开发区、生态文明示范区、海丝核心区、自贸区、福州新区、自主创新示范区、城乡融合发展试验区于一体的重要区域。作为数字经济的领军区域，马尾在数字产业化和产业数字化方面都取得了令人瞩目的成绩。星云股份的汽车充电桩成功搭载鸿蒙系统，智慧水表广泛覆盖福州五城区，中铝瑞闽铝板材工业互联网数字化集成，智慧公园、智慧社区、数字琅岐、智慧教育等应用场景成功落地，特别是马尾的物联网产业园更是全国第四个国家新型工业化产业示范基地（物联网·电子信息），现已入驻百余家企业。在万物互联的时代，物联网产业是数字经济建设中的重要一环，它实现了人、机、物的互联互通，也展现了马尾一大批企业家勇于创新创业的精神。

　　敢为人先立潮头。位于马尾罗星塔附近的船政旧址是中国近代工业的摇篮。这里创造出了历史上多个"全国第一"，如第一艘千吨级轮船——"万年清"号，第一台实用蒸汽机，第一艘钢甲军舰，第一架自主研发的水上飞机，等等。100多年来，马尾人始终传承着这种敢为人先的创新精神，涌现了一大批优秀的企业家：不断开辟"新大陆"的王晶、兢兢业业、潜心钻研精密仪器的黄训松，专注做好信息化世界的"眼睛"的何文波……他们始终以新理念、新思路、新技术，在各自的领域中努力耕耘，为马尾打造出了一抹亮丽的新型工业风景线。

2017年1月，一群来自上海微系统研究所的高端人才来到马尾。在市委、马尾区委等多方的共同努力下，成立了全国第一个物联网开放实验室——福州物联网开放实验室，致力于物联网行业标准化、物联网生态圈、物联网技术应用拓展等重要高新技术领域建设。实验室总裁高腾博士就是从国外引进的高端人才代表，在高新技术及企业管理方面都具有十分丰富的经验。实验室的建立为马尾引入了大量高新技术人才，在此引领示范带动下，马尾开启了"筑巢引凤"之路，在人才政策方面屡次创新突破。例如，通过打造"六个一"人才服务法、发放"兴马英才卡"、提供人才公寓等，不断加码，为高新技术企业的发展输入高精尖人才，为全方位推动马尾区高质量发展、实现"3820"战略工程目标做出了巨大贡献。

乡村振兴促发展。实施乡村振兴战略极大地促进了城乡协同发展、绿色发展。现代农业的发展离不开农业技术的提升与推广，离不开科技特派员田间地头的悉心指导。位于琅岐的阡陌农生，通过各种物联网、大数据、云计算、遥感监测等技术为农业生产开启了农产品追溯、农业电商、智能化管理与决策之路，并于2019年成为福建省农业物联网示范基地。自马尾提出打造农业现代化示范基地和乡村振兴示范区以来，种业创新中心、现代农业技术创新实验室、智慧农旅体验中心等示范项目应运而生，不断刷新现代农业进步的速度。琅岐镇也在2022年成功入选农业农村部的农业产业强镇名单，提前迎来了丰收的喜悦。

从脱贫攻坚到乡村振兴，从扶贫到扶智，处处都离不开科技的进步与创新，以物联网为代表的高新技术与农业的深度融合更是极大地促进了农业的现代化。

"三十而立。"三十年来，马尾砥砺奋进、不断创新，腾笼换鸟兴产业，筑巢引凤育人才，搭桥建路映山湖，真正实现了产业转型升级、数字经济腾飞、乡村振兴兴旺、人才汇聚榕城。在这个万物互联的时代，以物联网、5G、人工智能、云计算等为代表的新兴技术，共同助力"数字福州"建设，为"有福之州、幸福之城"摹绘了一幅"创新、协调、绿色、开放、共享"现代化国际城市画卷。这幅画卷承载着福州人的福州梦，绘出了这座城的华丽蜕变。

▲
▼
福中知福

有幸生在幸福之乡

谢 冕

那一年在武夷山开了一个盛大的诗会。除了来自世界各地的友人，我的挚友沈泽宜也抱病来聚——这位从 20 世纪 50 年代开始就受尽病痛折磨的诗人、学者，此时正濒临生死关头，为了诗歌，他还是来了。此外，还有一位未曾到会的女性——她是会议主持者王珂教授的夫人，她也处于生命的危境之中。

在会议最后的闭幕致辞中，我一口气列举了中国这块土地上祥和美好的地名——祝福他们，也祝福大家。

大地名是福建，福建的首府是福州，都是福字当头。福州东北方向是福安；福安往北是福鼎——盛产白茶的地方；福州向南，紧挨着是福清……都是满满的福气。有了福，还不够，还要安：除了福安，还有永安、南安、华安、惠安、诏安，以及盛产铁观音的安溪；有了安，还不够，还要宁：宁德、建宁、寿宁；有了宁，还不够，还要泰：永泰、长泰、泰宁！

这就是我的家乡，东南海滨的福建省。福建大部分地区临海，海岸线自北而南不间断，北边是山清水秀的武夷山脉，过分水关、仙霞岭，在那里连接着中原大地。多山临海的地方，耕地不多，也种一些水稻，但从来不盛产。海滨土地贫瘠，只能种些番薯。所以福建人为了生存，多半远走南洋，甚至欧陆。在东南亚，福建人说南洋的地面到处都留下了福建乡亲的足迹。他们用汗水和智慧创造了财富，再回到家乡兴办各种产业。陈嘉庚就是其中杰出的一位。他在南洋种植咖啡和橡胶，节衣省吃，用赚来的钱回乡办学。例如，他创办了集美学村、厦门大学、华侨大学等。

左海星辰

▲ 福州西湖鸟瞰。陈暖 摄

▲ 优雅的黎明 。孔祥秋 摄

　　福建人的足迹遍布全球。那年我在旧金山唐人街吃到了地道的福州鱼丸、肉燕。街上还有闽剧演出的广告。在沙捞越，我吃到了家乡的光饼和面线——因为那里有家店叫"新福州"，满街都是中文招牌和福州方音。在接近赤道的地方，我"遇见"跨海而来的福州的守护神大地公公"福德正神"。福建人在加里曼丹扎下了根！

　　濒海，夏季来台风是寻常事。台风要来时，人们将窗户和大门紧闭，静待"客来"。台风来时，木屋摇晃，草木惊悸，但居民安之若素，他们不慌不忙，履险如夷。台风过去，该种地的种地，该上街的上街。

"福建"之悟

万小英

福地不是天生的，而是变成的。"福建"这两个字说的就是这样一件事。

在崇尚"福文化"的传统中国人看来，福建，这个中国唯一带"福"字的省份应该天然地带有福气。但事实可能相反，福，极有可能源自无福。因为无福，才有强烈的动力去争取福，去创造福。

很久以前，闽地居东南一隅，是一块偏远蛮荒之地。那时的闽人，茫然望海，自求多福。

到了唐开元十三年（725 年），闽州都督府改称福州都督府，"福州"这个名称才出现。八年后，"福建"来了，设立福建经略军使，名字由来很简单，从福州、建州各取一字。

天覆地载之内，万物以名定体。地方还是这个地方，但新名字犹如一道阳光刺破天地，有着无比忍耐力的闽人终于发出一声呐喊："福——建——"这是对"福"的渴求，对"福"的笃定。

"福——建——"这两个字组合在一起，既是名词，又是动词；既是词语，又是句子；既是简短的诗歌，又是长长的史书。它是梦想与实干的结合，福——是闽人梦，建——是闽人实现梦想的途径。"福建"的意思，就是福从建来。

福州，得名于"因州西北有福山"。为了唐李吉甫《元和郡县图志》里的这句话，人们追寻了上千年：福山在哪里？是哪座山？西北望尽也找不到。但，这或许就是先人的智慧。福山不一定是某座山，福州举目皆山，处处是福。这里面还包含了意味深长的哲理，"福"哪里能如山呢？"福"是

福中知福

不会固若如山的，它有可能长翅膀飞走，需要人抓住，留住。

从福山到福州到福建，闽人将"福"留在名称里，在千声万唤中，筑牢闽人对福的信念；从福山到福州到福建，"建"字激起闽人对"福"的建设之心。

唐末黄巢起义，河南光州人、寿州人组成响应军渡江南下，长途跋涉几千里来到闽地。北方人不习惯南方水土，没多久，他们就害思乡病，迫切希望回家。军队回马，当行至建州沙县时，忽见泉州百姓携酒肉赶来，原来他们苦于泉州刺史压榨，特来恳请这支"口碑好"的河南军队能顺路攻占泉州城，驱逐恶官，拯救百姓。士兵回家的心意坚决，军队没有接受请求，很快离开泉州。但是后面又追过来一群人，原来是泉州地方豪族，他们再次赶来邀请军队解救泉州。这次终于说动军队首领王潮。他们回师泉州，经过近一年的围攻，在唐光启二年（886 年）控制了泉漳大片土地。后来王潮之弟王审知继位，被加封为闽王。闽王政权统治福建 33 年，福建从蛮荒之地逐渐成为邹鲁之邦，是闽地发展的转折点。

福建这段"发家史"值得回味。与其说是河南人王潮、王审知给这块土

▲ "福船"泛舟白马河。陈暖 摄

地带来福祉，不如说是福建人自己用积极的行动主动选择突破命运的桎梏。南方留住了北方，闽越文化拥抱了中原文化。闽人相信命运掌握在自己手中。他们能够像大海一样去包容，去拼出"福"的生机与前途。

福建，福从建来，"建福"就是造福。在这里，有功于百姓、带给地方福祉的人，过世之后会变成"神明"，受人立庙祭祀。因为生前无数次在惊涛骇浪中救助渔民，渔家女林默成为救苦救难的"妈祖娘娘"；因为倾尽家财安葬被倭寇残杀的乡民，莆田林龙江死后受福州林江寺供奉；因为一生拯救百姓，尤其是孕妇幼儿，陈靖姑成为"临水夫人"受人景仰；还有漳州陈元光、建阳蒋大夫、南平刘武秀……这样的人在福建这块土地上实在是太多了，将他们作为神明供奉，是闽人对造福之人最高的礼节。

福建，福从建来，"建福"的根本是福观，即福的观念。正因为这里尊贤敬德之风代代相传，福泽一方的观念浓烈，才会有林则徐凛然作诗"苟利国家生死以，岂因祸福避趋之"，林觉民坦然说出"当亦乐牺牲吾身与汝身之福利，为天下人谋永福也"……清乾隆福州知府李拔面对福州的榕树曾说："榕为大木，犹荫十亩，为官者要在一邑则荫一邑，在一郡则荫一郡，在天下则荫天下。"1990年10月，时任福州市委书记的习近平同志在福州造林工作会议上引用了这句话，并说："封建官员尚且能这样，作为我们共产党的领导干部，更应如此，也就是我们常说的'为官一任，造福一方'。"

"在温暖的蓝色的大海那边，/有一片繁花似锦的新天地，/一个新的春天就等在前面……/还有这美中包含的福气"。俄罗斯伟大诗人布宁的诗多么像是写给福建的啊。福建的美中，包含着福气。此刻，我站在福州白马河边，看见福船划过；远处的山峦，福橘正熟，福道在盘旋……

闽都福文化浅议

黄安榕

"福"文化植根于闽山闽水，扎根于闽人的内心深处。那么，闽地"福"文化有哪些内容值得我们探讨、研究呢？我想谈谈个人的看法。

"福"文化的地域特色。福建山川秀丽，物产丰富，暖风酥雨，绿荫遍地，四时繁花似锦，自古以来即为福地。地名里有"福"字的城市有福州、福清、福安、福鼎，这在全国是不多见的。全国省区市中，唯有福建以"福"字当头。历史上，中原汉族曾经有四次大规模迁徙进入福建，中原文化和闽越文化在福建这片沃土上交流融合，放出异彩。于是，"福"文化也得以发扬光大。那为什么会有福清、福安、福州、福鼎的命名呢？这就很值得我们去探讨了。比如，湖北的黄冈、黄坡、黄安、黄石、黄梅等地名，均因黄姓族亲到该地开发而得名，且有溯源的文字记载。

"福"文化与民俗文化。"福"文化与中华传统民俗文化密不可分。比如，出自《尚书·洪范》的"五福"，在中国家喻户晓。"五福"的第一福是"长寿"，第二福是"富贵"，第三福是"康宁"，第四福是"好德"，第五福是"善终"。中国人认为人的一生只有拥有这"五福"才算是完美的。在传统文化里，最重要的是第四福，即"好德"，即人有着生性仁善、宽厚宁静的德，这是有"福"的根本。福是德的结果和表现，经常行善，广积阴德，才能够培植其他"四福"。所以，在推广宣传"福"文化时，说透"好德"与"四福"之间的因果关系就有许多文章可以做了。

"福"文化与名人效应。福建是东南文化名邦。唐朝中期后，闽人开始登进士第。福建第一位进士是长溪（今福安）人薛令之。他一生清廉，去世后唐肃宗将他居住的村庄敕名为"廉村"，宣扬廉洁守正的美德。宋代福建进士共7043名，排名全国第一。福州更是中国四大"进士之乡"之一，历代进士人数达4103人，居全国各州府的首位。其中状元26人，居全国第二，仅次于苏州的54人，所以福建就有了"海滨邹鲁"之称。宋代学者吕祖谦在他的诗歌中曾写下对福州的印象："路逢十客九青衿，半是同窗旧弟兄。最忆市桥灯火静，巷南巷北读书声。"这首诗生动地描绘了闽地浓厚的读书风气，"闽人皆以不学为耻"。

宋代以后，福建文化异军突起，尤其是理学创立以来，代代传承，闽学在中国理学四大门派"濂、洛、关、闽"中占据重要地位。著名历史学家蔡尚思评价闽学时说："东周出孔丘，南宋有朱熹。中国古文化，泰山与武夷。"他将朱熹与孔子并提。朱熹是宋代理学集大成者，他一生创办多所书院，门生遍布天下。他长期生活在闽北，讲学之路遍及八闽。

近代从福州走出一大批心系国家、放眼世界的

▲鼓山涌泉寺。陈暖摄

人物，如林则徐、严复、林纾、沈葆桢、梁章钜、陈宝琛等。林则徐虎门销烟，造福百姓，威震四海，他的名句"苟利国家生死以，岂因祸福避趋之"至今仍被世人广为引用。林觉民在广州起义慷慨赴死前写下《与妻书》，文中所写的"以天下人为念……为天下人谋永福"，现在是福州一中的校训。在闽学中，这些名人效应充分体现了"福"文化的博大精深，值得我们进一步挖掘、探讨。

"福"文化与"一带一路"。早在宋代，福建制造的福船在世界航海史上有着重要的地位。明代郑和下西洋，所用的大船多是福船。郑和七下西洋，开辟了"海上丝绸之路"的航线。除了造船业，福建的茶叶、瓷器早在16世纪就在国内外闻名遐迩。福建的桥梁建造技术在中外桥梁发展史中亦占有举足轻重的地位，泉州洛阳桥为中国四大名桥之一。同时，福建还是全国最重要的雕版印刷基地。这些都含有"福"文化鲜明的色彩，在"一带一路"中必将发挥重要的作用，是我们探索深究的好题材。总之，福建、福州多福，我们生在其中，理应感到骄傲与自豪，并为宣传、推广"福"文化而竭尽全力。

这一方福佑之地

甘满堂

　　福州是一座拥有 2200 多年历史的文化名城。秦置闽中郡，福州称冶城。隋唐时期，福建的政治和经济中心从闽北转移到闽江下游福州一带。唐开元十三年（725 年），改闽州都督府为福州都督府，府治设在州城闽县内（今鼓屏路），福州就此得名，并沿用至今。也是在唐代，福州作为福建政治文化中心的地位得到确立。据传，因闽县境内有一座福山，福州因而得名。笔者认为福州得名不仅仅在于福山，还与"福"字本身有直接联系：有福之州，神佑之州。

　　"福"是会意兼形声字。"福"的甲骨文是由手、酒、示三个部分组成的会意字，为双手虔诚地捧着酒坛（酉）敬神（示）的形象，意思是以酒敬神，祈求万事顺利。"福"本义就是（天神）保佑。《说文解字》中说，福，佑也。"佑"是指天、神的佑助，后引申为富贵寿考等齐备为福。福州当时得名应与丰富的神明崇拜文化有关。

　　历史上福州人对神明非常虔诚，神明多，神庙更多。福州神庙中供奉的神明多源自本土，知名的神明有临水夫人陈靖姑、闽越王无诸、张圣君张慈观、水部尚书陈文龙、二徐真人、五灵公、白马尊王等。福州乡村"村村皆有庙，无庙不成村"，且神庙都修造得豪华气派，多为前后两进，内有戏台，其规制超过莆田、闽南，与山西、河北的神庙相仿。

　　很多人将福州人对神灵的崇拜归结为古代闽越人"好巫尚鬼"的遗风，这种说法并不准确。福州神庙众多，其实是民众积极响应当时政府倡导的结果。中国古代强调"神道设教"，后世供奉的神明其实都是先前有功于国家

福中知福

与人民的乡贤，政府倡导祭祀神明，就是让民众学习神明精神，而不是仅仅求得神佑。神庙是推行教化的场所，每个村社都有，故神庙在传统社区中多称为社庙或境社。

社庙制度源自商周时期确立的祭祀制度。《礼记·祭法》："王为群姓立社，曰大社。王自为立社，曰王社。诸侯为百姓立社，曰国社。诸侯自为立社，曰侯社。大夫以下成群立社，曰置社。"汉代各级行政机构都有立社，分别称为帝社、郡社、国社、县社、乡社、里社。里社作为最小的基层祭祀单位，同时也是行政管理单元，它将一定地域范围内的土地神崇拜与该地区的行政管理体制相结合，互为表里、联合为治。汉朝里社制度得到传承。明《洪武礼制》：诏令天下立社，定期举行社祭仪式。《礼记·祭法》中规定："夫圣王之制祀也，法施于民则祀之，以死勤事则祀之，以劳定国则祀之，能御大灾则祀之，能捍大患则祀之。"这里规定社祭对象必须是有功于国家和社会的乡贤。福州社庙中的主神就是社区神，属于本地神明，超出本社区可能就无人知道。他们大部分都是本地乡贤，生前行善，死后得到乡民祭拜，后得到政府封赐而成神（更多是民间"私谥"）。在政府管制与乡间乡绅推动下，社庙的社区神德能兼备：如果是帝王身份，则是明君贤主；如果是官将身份，则是清官能吏、护国功勋。

很多社庙中的主神都籍籍无名，如守土大王、守土尊王等，但也有些村庄社庙供奉颇有名气的乡贤神，这实际上是社庙所在地的知识分子倡导的，目的是增加本社庙的文化历史内涵，给村庄居民增加荣耀感。如闽侯青圃灵

▲ 聚福。叶义斌摄

济宫二徐真人，曾得到明朝永乐皇帝封赐。青圃现有人口二万余人，唐宋时期就有先民在此定居繁衍生息。社庙有祭祀法会、酬神演戏、游神巡境等集体性仪式活动。福州社庙上演的传统闽剧，其题材多宣传忠孝仁义等美德，反映农耕社会普适的价值观，如爱情、亲情、勇敢、正义、责任等。游神巡境仪式迎神赛会，抬着神轿出游全村，辅之盛大的仪仗队伍，则是对帝王与官员下乡仪式的模仿。

福州的"神佑文化"中的精华，如宣传忠爱主义，有利于社区建设；酬神演戏、游神巡境可以丰富居民文化生活，还可以作为文创项目，为文旅事业发展贡献力量。

福州，丫好

清风徐拂

福州，福建省省会，有福之州，究竟福在哪里？

福在山水间，绿水青山是它的底色。

福在山中。城内屏山、于山、乌山并称"三山"，参差叠翠，四季常青，花香鸟鸣。一条串起山与山的架空步道，如同一条巨蟒在金鸡山、金牛山间匍匐爬行，给层峦翠峰带来了生机和活力，还走进央视，成为享誉全国的一张名片。山绕着城，城傍着山，站在福州的制高点，放眼四周，环城皆山也。东面有鼓山，西面有旗山，南面有群峰突兀，北面有北峰作屏。群山拱佑，福在其中。

福州之山，春有绿，夏有荫，秋有皋，冬有青。福州之山是有神韵的，也是有层次的。"山舞银蛇，原驰蜡象"。只是福州的山不是"银蛇"而是"绿蛇"。三山春潮涌，八闽清明时。

福在水里。福州城被福水滋润着。闽江滔滔，自西而来，向东而去，形成江滨南北两岸的无限风光。城中的晋安河、白马河等，像流动的血管脉络贯穿城区，星罗棋布，滋养着、环绕着，使整个城区因水而热络起来，灵气十足。除了闽江和乌龙江，还有大樟溪、北峰溪等，都纷纷拥抱着有福之城。有山有水，如诗如画，好一幅浓墨重彩的山水画卷。

福在公园里，鸟语花香扮靓生活。

福州这几年公园建设突飞猛进，除了对已有的公园进行提升改造，新建的公园也如雨后春笋。光明港公园、花海公园、牛岗山公园、福道等一大批公园相继建成开放。

据官方统计，截至 2021 年，福州共建各类公园 1400 多个，城市休闲绿道总长 1400 多公里，是名副其实的"福建园林明珠"。福州左海公园、西湖公园、花海公园、飞凤山公园、沙滩公园、牛岗山公园等，一个比一个建得有档次，一个比一个建得漂亮。1000 多个大大小小的公园，串珠成线，连点成片，无论你在何处居住，不用 10 分钟就会找到公园，公园里有绿树、鲜花、流水、大榕。目前，福州人均绿地面积从 1989 年的 2.2 平方米增加到现在的人均 15.39 平方米，城区绿化覆盖率为 48.03%，公园绿地服务半径覆盖率为 94.97%。福州终成千园之城。

福在方言中，十邑同音显特色。

方言说起来每个地方都有，但福州话却有些特别，福州话只有"福州十邑"，极具福州地域特色，方位感十分明显，无论你走到地球的哪端，一句"福州音"就能勾起你的思乡情绪，拉近谈话者的距离。

"施了没"是福州本地人的习惯问候语，意思就是"吃了吗"。"民以食为天"，在过去经济落后的岁月里，很多老百姓为生计、吃饭问题犯愁。吃关系生命安危，成为百姓关注的焦点。

记得 1976 年 5 月的一天傍晚，我和其他两位老乡从福清骑自行车进入福州。当晚，福州遭遇了台风冰雹，第二天起来一看，整座城市一片狼藉。没地方吃早餐，我们硬着头皮骑自行车去湾边，过轮渡到江口，才吃上一碗锅边糊。那时的福州多是木头房，瓦片屋顶，可谓是"纸裱糊的"，一旦遭遇极端天气，就瓦砾满地，狼狈不堪。此事已过去了几十年，却始终烙在我心中。

这些年来，福州一步一个脚印，一年一个台阶，东拓南进，西攘北延，不断地旧貌换新颜，真正实现了脱胎换骨。用福州话"丫好"来形容今日福州，甚为恰当。闽江水滔滔，三坊七巷走天下，上下杭又显当年风光，乌山、于山、屏山三山拱卫，烟台山焕发生机，两岸风光秀色可餐，宜居宜业已成为它的代名词，"纸裱的福州"一去不复返。

"吃了吗？"如今已成为一种礼貌用语，表示友好和关爱。

福州，丫好！

闽都文化

鳌峰坊的文气

石华鹏

福州的坊巷是福州城的灵魂。每条坊每条巷都有自己的来头、自己的烟火、自己的传奇。衣锦坊的富贵、郎官巷的悲情、文儒坊的武气等，这些位于福州心脏地带的坊巷人物和故事一直在书里书外讲述着、流传着，塑造着福州城的样貌和神韵。

出三坊七巷沿津泰路往东行 1000 多米，即到于山北麓，这里有一条处在目光焦点之外的古老坊巷，叫鳌峰坊。道路弯曲，绿树掩映宅院，清静幽然。行走在鳌峰坊，与你不期而遇的多是一些学校、名人故居、书院旧址等。这条长度不足 500 米的坊巷，如穿珠子一般串起了著名科普作家高士其的故居、状元巷、福建师范学堂旧址、福州教育学院附属第二小学、鳌峰书院、格致中学、李世甲故居、鳌峰艺术小学堂……这里书香味道和文化气息浓郁，向来被看作福州文脉的一个聚集地。

用时兴话说，鳌峰坊里的网红打卡点首推鳌峰书院，因为它有历史深度（距今已 300 多年）、有代表性（清代书院文化集大成者）、有知名度（不仅名扬榕城，而且声震八闽大地）。

鳌峰书院与抗日海军战将李世甲的故居比邻，是一栋清代两进砖木大宅院式建筑。进门穿过天井即到正厅大门，门楣上悬挂康熙御笔"三山养秀"的牌匾。入门来到一个宽敞的大厅，厅上分别悬挂着乾隆御笔"澜清学海"和"正谊堂"的牌匾。两任皇帝都御笔赠匾，可见鳌峰书院的地位和影响。穿厅过门进入书院后部，后部是藏书楼，为三层民国西式灰砖楼，此建筑实为李世甲故居的一部分，修缮改建后成为鳌峰书院的藏书楼。有讲堂和藏书

左海星辰

▲ 法海路鳌峰坊。陈暖 摄

楼，一个书院的基本样貌便呈现出来了。鳌峰书院现在常作为福州道德讲堂和文化展览与研讨等场所，不时举办各类文化活动。

实际上，我所站立的鳌峰书院是 2010 年在其他旧建筑基础上修复重建的，这里并不是原址，原址在马路斜对面的福州教院二附小的校园里。就是说，当年的鳌峰书院变成了现在的福州教院二附小的校园。校园一隅有座古亭，名"鳌峰亭"，亭内有一座假山——深灰色石头堆砌起错落的小山峰，这座假山是鳌峰书院原有建筑唯一的留存物，所以这座假山异常珍贵，见证了鳌峰书院的前世今生：1707 年创办；1905 年科举废止，书院改为校士馆，后又改为福建法政学堂；1911 年辛亥革命时，学堂毁于一场大火，除这座假山外一切荡然无存；2010 年移地重建完成并开放，鳌峰书院从历史典籍中走来，在人们的记忆中"复活"了。

书院的创办者是康熙年间福建巡抚张伯行，创办时间是康熙四十六年（1707 年）。张伯行这个人很有意思。他康熙四十六年任职福建，康熙四十八年（1709 年）调任江苏巡抚，在福建其实只待了三年，却干了一件名垂青史的大事——创办鳌峰书院。张伯行官做得很大，但本质上是个书生，善学、清廉、讲理，却不擅长理政谋权，连康熙都说他"操守虽清，为人糊涂，无办事之才"。他有一个最大的特点，就是走到哪儿都喜欢办书院。他崇敬程朱理学，自号敬庵（崇敬屋子里的圣人和学问），他的内心似乎荡漾着一股"书院情结"。比如，刚中进士之时，他就在家乡南郊开辟一间精舍，摆上程朱著作，自己读，也邀乡人读；为官后，回家丁忧时，创建请见书院；后来，刚到福建就创办了鳌峰书院。

创办鳌峰书院，先要购置校舍。张伯行自掏腰包买下了鳌峰坊北边的一座尼庵，"葺而新之，为鳌峰书院"。然后，张伯行拿出自己所藏之书和收集的先儒文集，来教授学生。张伯行一到福建为何迫不及待地以个人之力来创办鳌峰书院呢？这和福建与理学的关系有关。大儒朱熹是福建人，张伯行是理学名臣，所以到福建的第一等事是办书院传播理学，"无负先儒之教，于以教人才而厚风俗，意甚盛也"（张伯行语）。

鳌峰书院创办之初，校舍、藏书、教学等规模就很惊人地完备和庞大了。共有书舍120间，明窗净几，幽雅宏敞。前建正谊堂，中厅祭祀周敦颐、程颢、程颐、张载、朱熹理学五夫子，后建藏书楼，东侧有园亭池榭、花卉竹木等。学生每日有津贴，每年有免费衣服。书院的运营经费主要来自官府拨款、个人捐赠以及学田收入。就这样，继张伯行之后，福建历任巡抚接力支持鳌峰书院发展：乾隆十五年（1750年），巡抚潘思榘修讲堂；乾隆十七年（1752年），巡抚陈宏谋修学舍；道光二年（1822年），巡抚叶世倬于崇德斋旧址建考棚10余间；……

鳌峰书院也不负期望，以弘扬程朱理学为宗旨，以教、学、研、编为经，以出当世名士为纬，定期从全省择优录取秀才，聘各方名士讲学，成就突出，很受朝廷器重。康熙五十年（1711年），御赐"三山养秀"匾；雍正十一年（1733年），御赐帑金千两；乾隆三年（1738年），御赐帑金千两，赠御书"澜清学海"匾；乾隆十一年（1746年），御赐《律书渊源》一部。林则徐、梁章钜、杨庆琛、廖鸿荃等人都曾在书院求学。至1905年撤销为止，书院共考取进士163人，举人700多人。

由此，鳌峰书院荣登福建四大书院（鳌峰、凤池、正谊、致用）之首，堪称"东南第一学府"，成为当时福建学术的殿堂。鳌峰书院之所以如此成功、声名显赫,一是因为鳌峰书院有一批学问深厚、道德垂范的山长尽心尽力、执掌有方,历任山长蔡璧、林枝春、朱仕琇、孟超然、郑光策、陈寿祺,均是当时第一流人物。二是因为在数百年的发展历程中,鳌峰书院既不忘书院创办初心,又能应时而变、顺势而为,与时代需求和社会发展同频共振。比如,创建初期,它以理学为根底,提倡程朱理学,以讲明心性为主,科举考试为辅,宣扬"崇儒重道",为朝廷培养了很多精英人才。在鸦片战争后,它开始重视经世致用之学,推动福建经世致用新学风的发展,为国家培养了一批以林则徐为代表的"开眼看世界"的现代人物。此外,鳌峰书院也为台湾书院的建设树立了榜样,对台湾地区的文教产生了重要影响。清代台湾最高学府海东书院就是按鳌峰书院的规制设立的,书院以朱子理学为圭臬,提倡经世致用学风,与鳌峰书院一脉相承。至今,两岸书院文化的交流与合作还在开展中。

"路逢十客九青衿,半是同窗旧弟兄。最忆市桥灯火静,巷南巷北读书声。"我很喜欢这首诗。一个外乡人来到福州,发现并记录下了福州最可爱的一面:巷南巷北读书声。琅琅书声当然比街头巷尾麻将声悦耳。福州人爱读书、会读书、读得好书,自古已然,两宋时期出了文武状元共21位,成为中国古代出状元最多的城市之一。

福州人爱读书,考进士中状元的人也多,于是形成了福州深厚的状元文化。福州晋安的古道上有一个"状元岭",于山鳌峰顶有座"状元峰",那是宋代或之前的事;在今天,鳌峰坊里又有了一条"状元道"。"状元道"在格致中学旁边,一条小道宽不过两三米,顺山势弯曲而上,可以到达于山。住在鳌峰坊的宋代陈诚之和明代陈谨,在成为状元之前,经常沿着这条九曲小道上于山读书。这条无名小道因走出了两位状元声名大噪。这条小道经过整饬,清幽雅静。每到高考季,不时有学生来走走这条道,沾沾状元的书卷气和运气,祈愿考出个好前程。

古为书院路,今为学校地。鳌峰坊从古至今都是福州文脉聚集地,书香阵阵几百年。鳌峰书院旧址的大门当时正对着于山最高点鳌顶峰,故有"独占鳌头,文艺群芳"之说。这既可看作鳌峰书院的文化宣言,也是鳌峰坊名字的来历。

朱熹在福州

马照南

朱熹一生与福州结下不解之缘。朱熹生于福建尤溪，幼时随父朱松来福州避过难。少年时随父游历福州，会见文士诗友；24岁任同安主簿时专程来福州筹集近千卷书，供办学之用。后来更多的是专程来问学讲学，有时撰写修订文稿，有时应主政官员邀请商讨治闽政策，有时来访亲探友。有人统计，朱熹前后来福州达十多次。他多数时间住在三坊七巷道山路一带，有时一住就是一两个月。

朱熹对福州文化贡献良多。我们通常称福州为"海滨邹鲁"。据说，"海滨邹鲁"的牌匾就是朱熹大笔书写后悬挂在福州西关谯楼上的。朱熹培养了大批闽都学生，他撰写的《福州州学经史阁记》等诗文极大地推动了福州文化教育的发展。

故人契阔情何厚

宋时福州，包括侯官县、闽县、怀安县三地。在鼓山，在福州城区，依稀可见朱熹留下的许多文化遗址和传说。

朱熹与赵汝愚既是师生又是好友。赵汝愚为官清廉，"所得廪食常分与人，而自奉甚薄"，"布衣蔬食，乡人盛赞其清正贤能"。朱熹与赵汝愚两人都力主抗金、弘扬理学，勤政为民。赵汝愚任宰相后，举荐朱熹为皇帝老师。两人在朝廷上声气相通、精诚合作，在"庆元党禁"中肝胆相照、荣辱与共。

1182年5月，赵汝愚知福州兼福建安抚使，任上他做了不少造福当地百姓的事，受到百姓称颂。当年的西湖，"溉民田数万亩，后为豪猾淹塞为田，遇旱则西北一带高田无从得水，遇涝则东南一带低田沦为巨浸"。这年冬天，赵汝愚开浚西湖，使闽县、侯官县、怀安县一万四千余亩土地受利。第二年，福州连续下了两个多月的雨，三县民田幸赖西湖而不受涝。赵汝愚在湖上建登澜阁，并品题"西湖八景"，后成为福州的名胜。朱熹受赵汝愚之邀来福州商讨治闽方略，二人一起登乌山唱和。朱熹见西湖治理成效显著，风景更加秀美，对赵汝愚的举措满心欢喜并极为赞赏，便吟了《游西湖》："越王城下水融融，此乐从今与众同。满眼芰荷方永日，转头禾黍便西风。湖光尽处天容阔，潮信来时海气通。酬唱不夸风物好，一心忧国愿年丰。"如今，"湖光尽处天容阔，潮信来时海气通"作为尽显福州地理气势的绝佳对联，镌刻在镇海楼正楼之上。

赵汝愚大力度推进社会治理。他发粮米劝谕民户前来附籍：一方面扩大在籍人户，使之安居；另一方面又以粮米赈济穷人，使之安居乐业，达到促进农业发展的目的。史书载："赵汝愚在福州，百废俱举。"

朱熹、赵汝愚二人分别后，在福州一直无缘相会，仅靠鼓山题刻来交流友情，这也是古代文坛、书坛史上的一桩韵事。

1187年，因受谤而隐晦多年的朱熹辞掉江西提刑的职务，匆匆来到福州拜访知州赵汝愚。不料，早此一年赵汝愚已调往四川任制置使去了。于是，朱熹率领学生王子合、陈肤仲、潘谦之、黄子方四人，登鼓山拜谒赵汝愚礼请来的住持元嗣方丈。朱熹在水云亭墙上看到赵汝愚离任前的题刻："灵源有幽趣，临沧擅佳名。我来坐久之，犹怀不尽情。褰裳步翠麓，危绝不可登。豁然天地宽，顿觉心目明。洋洋三江汇，迢迢众山横。清寒草木瘦，翠盖亦前陈。山僧好心事，为我开此亭。重游见翼然，险道悉以平。会方有行役，邛蜀万里程。徘徊更瞻眺，斜日下云屏。"朱熹睹物思人，十分感慨，于是留下了一方一气呵成、潇洒飘逸的思友行书题刻："淳熙丁未，晦翁来谒鼓山嗣公，游灵原，遂登水云亭，有怀四川子直侍郎。同游者：清漳王子合、郡人陈肤仲、潘谦之、黄子方，僧端友。""晦翁"是朱熹的字号，"嗣公"是涌泉寺住持元嗣，"子直侍郎"便是赵汝愚。

三年后，赵汝愚再次入闽任职。次年，他又登上鼓山，看见朱熹留下的题刻，极为感动，想到远方的朱熹和已逝世的元嗣禅师，思绪万千，于是，在朱熹题刻侧留下自己题刻："几年奔走厌尘埃，此日登临亦快哉。江月不随流水去，天风直送海涛来。故人契阔情何厚，禅客飘零事已灰。堪叹世人只如此，危栏独倚更徘徊。"赵汝愚题刻抒发了壮志未酬的惆怅心情和对师友朱熹、鼓山住持元嗣等人的思念情怀。诗中的"故人"指的是朱熹，"禅客"则是已圆寂的元嗣禅师。然而不到一个月，赵汝愚又调离福州。

后来，朱熹携黄榦再次登临鼓山，看到自己题刻旁边赵汝愚的诗作，心潮如海，就从"江月不随流水去，天风直送海涛来"的诗句中选出"天风海涛"四字，镌刻在鼓山绝顶峰的山崖上，题款特别注明："晦翁为子直书"。朱熹的"天风海涛"题词被认为是描绘石鼓名山最有气势的佳句，赵汝愚的诗也为历代文人墨客赞赏。

朱熹和赵汝愚这段跨时空的诗文酬答和题刻，传达出堪比伯牙和子期高山流水的真挚友情，让人感动。

"闽学干城"出闽都

朱熹快婿黄榦是晋安浦上村人，这使他与晋安的关系更深了一层。黄榦作为朱熹的学生和主要学术助手，为传播朱子学做出了重要贡献，被后人誉为"朱熹四大弟子"之一，与蔡元定、蔡沈、陈淳并列，更有人评价他为"闽学干城"。

黄榦自幼聪颖好学，早先拜朱熹弟子刘清之为师。刘清之认为黄榦天资颖慧、才华出众，应该接受更好的教育，让他前往崇安从朱子授业。黄榦冒着大雪到达五夫里，正好遇朱熹外出。他一等数月，通宵达旦，读书不止。朱熹十分感动，收之为徒。之后黄榦就在崇安五夫里随朱熹苦读。黄榦与朱熹高徒蔡元定、朱熹学友吕祖谦论学，常常提出自己的独特观点。朱熹认为他"志坚思苦，与之处甚有益"，后以仲女朱兑许配之。

黄榦长期陪伴在朱熹左右，接受教诲，帮助整理文稿。朱熹编《礼书》，

左海星辰

其中《丧》《祭》二篇由黄榦编成，朱熹十分满意。朱熹所学之理学晚年定居建阳考亭，黄榦也在附近结庐居住。朱熹对他的学术水平极为赏识，有些课程交代"他时便可请直卿（黄榦字），代即讲席"。1196年，朱熹理学被朝廷斥为"伪学"，黄榦坚守师道，坚持讲道著书。朱熹病重，将所著之书和手稿托付给黄榦。

黄榦入仕，很有作为。他担任江西临川县令、安丰军通判、汉阳知军、大理丞等职，勤政廉政，致力于社会改革，整顿吏治，赈荒济民，筑城备战，"壮国势而消外侮"，各地民众深感其德。

在继承和传播朱子学方面，黄榦倾注了毕生的心血和精力，对确立朱子学说做出了重要贡献。他撰写《朱子行状》，以"绍道统、立人极，为万世宗师"评价了一代理学大师朱熹的德行。他论定朱熹的道统地位，认为"道出于天"，表现为天地万物和人事的变化。他把"传承道统"看成是朱熹的最大成就。经过黄榦的提倡和阐发，朱子学成为统治阶级的正统思想。黄榦在浙江、江西、武汉为官时，都通过讲学授徒广泛传播朱子学，促使朱子学在各地迅速传播。

作为一代大儒，黄榦一生致力于讲学和著述。他的专著有《五经讲义》《四书纪闻》《周易系辞传解》《读仪礼经传通解》《论语注语问答通释》《晦庵先生语续录》《勉斋先生讲义》《勉斋诗钞》《黄勉斋先生文集》《勉斋集》等。

福州民间还有这么一个传说。一天，朱熹来到浦上村女婿黄榦家中，适逢黄榦外出。女儿朱兑看到父亲来，又高兴又内疚。因家贫，她只能煮一碗葱汤麦饭来招待父亲，十分过意不去。朱熹看到女儿心里难过，就当场写了至今广为流传的《诗慰女儿贫》来安慰她："葱汤麦饭两相宜，葱补丹田麦疗饥。莫道此中滋味薄，前村还有未炊时。"

朱熹和黄榦一生清正廉洁、心忧天下。确实，我们听过朱熹利用自己的影响力办了很多书院，但没听说过他为自己置办了多少资产；朱熹的子女、女婿也没有因为有个为官的父亲、岳父而沾什么光。朱熹和黄榦安贫乐道、清廉自守，二人毕生致力学术又心忧黎民。

紫阳讲学育新风

朱熹曾称："福州之学，在东南为最盛。"北宋初年，诗人龙昌期应邀从四川到福州讲学，写下《福州》一诗："等闲田地多栽竹，是处人家爱读书。饮宴直尝千户酒，盘餐唯候两潮鱼。"诗人说，福州有酒有鱼有海鲜有竹子，更奇特的是"是处人家爱读书"。这个评价在众多描写都市生活的诗歌中真不多见。如果说龙昌期的诗直抒胸臆，比较直白，那么吕祖谦的诗则充满对福州市民嗜书读书的眷念。这位朱熹的挚友、南宋大文豪是这样写福州人读书盛况的："路逢十客九青衿，半是同窗旧弟兄。最忆市桥灯火静，巷南巷北读书声。"吕祖谦与朱熹、张栻并称"东南三贤"，朱熹曾把儿子朱塾送到吕祖谦门下做学生。

朱熹讲学是引起轰动的大事。当年朱熹到湖南岳麓书院讲学，数百名两湖学子不远千里赶来聆听，以至于把岳麓书院的水都喝光了，还留下"朱张渡""赫曦台"等传说和遗迹。800多年过去了，湖南至今还保留着朱熹与张栻对讲时的讲堂。当然，朱熹在福州讲学，十里八乡的学子们也都来听课，当时可谓盛况空前。

走进紫阳社区，可见对朱熹生平的介绍和朱熹的诗歌。问及朱熹当年在这里讲学的情况时，当地人说："'朱紫阳'是朱熹别号。福州人崇敬朱熹，直接把朱熹讲课的地方命名为'紫阳'。"

紫阳社区保留着讲堂古建筑，称"讲堂胜境"，就是老福州相传的地名"讲堂前"。紫阳讲堂朱漆黑瓦，形制古朴，一副金字对联"紫气东来胜境 阳光普照讲堂"悬挂在堂前，大堂的柱子上也都是称赞朱熹的对联。讲堂负责人老黄介绍说，这里是2003年以后新盖的，只有这个"紫阳胜竟"是最正宗的，过去许多名人都来此祭拜朱熹，比如萨镇冰。村子被开发了，讲堂规模仅有原来的十分之一，但平时经常举办文化讲座等活动。

朱熹来福州开堂讲学，广纳门生，带动了福州书院建设和学习风气的形成。福州这一带宋代有书院11所，除了紫阳讲堂，还有竹林书院、贤场书院、高峰书院、濂江书院、龙津书院、龙峰书院、文公书院、吟翠书院、丹阳书院、梅溪书院，多与朱熹及其弟子有关。比如，贤场书院在晋安区北峰岭头乡的前洋村。据说，"前洋"便是"贤场"的谐音。朱熹在北峰有诗《题莲花峰》两首："群峰相接连，断处秋云起。云起山更深，咫尺愁千里。""流云绕空山，绝壁上苍翠。应有采芝人，相期烟雨外。"

　　确实，世代喜好读书的基因造就了福州人的灵秀气质。史书记载，福州人"多向学，喜讲诵，好为文辞，登科第者尤多"。宋代福州人由进士及第而入仕途者比比皆是，如有状元 14 名，进士 2247 名，"一科三鼎甲"更是传为佳话。古代福州还出了一个 4 岁能诗的进士蔡伯晞。年仅 4 岁的他参加"童子试"，被赐予进士出身，被任命为太子伴读。史书记载："蔡伯晞，神童应荐，官拜秘书。"蔡伯晞经历五朝皇帝，享年 85 岁。朝廷还在福州温泉路附近建尊儒坊表彰他。福州因讲学读书而"风气进而益上，彬彬郁郁，衣冠文物之选，遂为东南大都会"。

　　紫阳社区之外，福州还有紫阳路、地铁紫阳站，以及以紫阳命名的酒店、楼盘。福州人民以这种方式表达对朱熹这位大家的敬意。紫阳地名的延续也就是朱熹思想的延续。朱熹思想已经融到生活在这里的人们的血脉中，代代延续。

兰汤三尺即蓬瀛

黄河清

在福州学习、生活、工作了20多年，按照老祖宗的说法是，"日久他乡即故乡"，我似乎也已把福州当成故乡了。这个故乡给我印象最深的，除了榕树就是温泉了。亿万年来，这汩汩涌出的泉水，将福州拥入怀中，温暖着它，福泽着它。可以说，福州是一座浮在温泉上的城市。没有泡过温泉就不算是真正的福州人，没有温泉的生活就不是福州人的生活。

福州以温泉沐浴的历史，目前发现有文字记载的就已达1700多年。据《福州温泉志》载，晋太康二年（281年）晋安（今福州）太守严高建子城，在东门外开凿人工运河，民工发现涌出地面的汤水，用石子垒成池，供作沐浴。人们把涌出地面的温泉称为"汤"，并把一些地方冠以汤后街、金汤街等名称。据《宗一大师师备塔碣残文》载，"师备，本名谢三郎，唐福州城南温泉乡归化里人"。温泉乡究竟在何处？原来就在今城门乡附近。据宋梁克家《三山志·地理类二》载，"开化西乡在(闽)县东南三十里，旧温泉乡，有归化，崇信与今三里（归仁、永福、高详）为五，今并焉"。又据该书载，归仁里下有卢螺、石步，永福里下有城门山。南宋时代的开化西乡是当今城门乡所属各村无疑。乡旧名温泉，顾名思义，其地必有温泉，此为唐代福州已把温泉作为地名之证。

唐咸通二年（861年），闽王王审知建城时，民工发现地下涌出热水，于是用石砌成三口汤池，后来建起茅屋三椽，称"古三座"。五代后梁龙德年间（921—923年），在城东温泉坊（今汤井巷）建龙德汤院，以皇帝年号命名。

到了20世纪30年代，福州新店人林木发从台湾携回凿井工具，先进的打井技术普遍应用，城内有温泉脉的地方纷纷凿井引泉，不断有新的澡堂开业，当时城内有汤井五六十口。人们凿好汤井后，用人工吊起井里的温泉水，再输送至澡堂。

没有温泉的俗世，难免会多了鄙陋，充斥嘈杂，缺乏朦胧。在水雾缭绕中，福州温泉沐浴文化也在不断地积淀与升腾，给这个城市以"温暖的记忆"，成为福州历史文化的重要组成部分。由它所产生的诗歌、楹联、散文、艺术、史话、神话、摩崖石刻等，不仅是研究温泉文化的重要文献，也是当时和现在社会生活的生动反映。

著名作家冰心对故乡的温泉有着深刻的印象，她在《还乡杂记》一文中写道："福州本是个有山有水有温泉的城市，而且是四季绿叶不落，繁花不断。"在她的笔下，温泉成了福州最具特色的标志之一。现代著名作家郁达夫20世纪30年代在福州就任省公报室主任时，泡温泉成了他在榕生活的一件重要的事情。他在《闽游滴沥》一书中描述了在福州泡温泉的感受，除了洗浴，澡堂也成了他饮酒会友的场所。一次，他在福龙泉洗浴，诗兴大发，向账房要了笔墨，挥笔写下了"曾因醉酒鞭名马，生怕情多累美人"，他的

▲露天温泉浴池。陈暖 摄

风流洒脱，由此可见一斑。现当代著名作家施蛰存任教于福建协和大学时，也对温泉情有独钟，写下了"百合池塘旧有名，兰汤三尺即蓬瀛。老夫浴罢浑如梦，直觉肤坚肠胃轻"。

从北宋到民国，题咏福州温泉的诗词歌赋不下百篇。最早的温泉诗词，以宋太守程师孟《题汤院》为代表。程师孟于宋熙宁元年（1068年）以光禄卿知福州，在龙德院官汤洗浴时写道："曾看华清旧浴池，此泉何日落天涯。徘徊却想开元事，不见莲花见荔枝。"诗中把福州温泉与陕西旧华清池相媲美，赞叹"荔枝之乡"福州的物华天宝。历代写福州温泉的诗词，当以宋代抗金名将、宰相李纲《咏福州温泉》诗二首最为有名。他对福州温泉赞叹有加："温冷泉源各自流，天教赐浴雪峰陬。众生尘垢何时尽，汩汩人间几度秋。""玉池金屋浴兰芳，千古华清第一汤。何似此泉浇病叟，不妨更入荔枝乡。"辛弃疾曾两度来福州任职，写下了《题福州参泉二首》："三泉参错本儿嬉，认作参星转更痴。却笑世间真狡狯，古今能有几人知。""两泉水出更温泉，这里原无一二三。欲识当年参字意，行人浴罢试求参。"

福州所有温泉澡堂均以悬挂名人字画、楹联为荣，无对联的澡堂被视作无文化。因此，没有哪家澡堂不请文人墨客写上几副楹联张挂。在诸多对仗工整、平仄严谨、言近意远、趣味盎然的名联佳对中，以唐代龙德汤院的佚名联对"五凤朝阳生丽水，九龙经脉出金汤"，以及清代著名的经学家陈寿祺（林则徐的老师）为福龙泉撰写的联对"非福人不能来福地，有龙脉才会有龙泉"最具代表性。还有许多赞美福州温泉的摩崖题刻，堪称福州温泉文化的精华。最早的摩崖题刻要数唐末高僧释可遵所作偈语："直待众生尘垢尽，我方清冷混常流。"

福州的温泉文化具有浓厚的儒家思想。从店名店号来看，有"沂"字的澡堂名有沂春亭、善沂泉、浴同沂、仙沂泉、清于沂、仙于沂、新沂泉和又一沂，共计8家。新沂泉营业厅曾挂一副对联："新春无陪客 沂水有佳宾"。1935年清明节前夕，国民政府主席林森从南京回榕扫墓，应南星澡堂老板吴南山、陈可敏二人之请，为南星澡堂题写了"南台沂泉"一幅墨宝。把澡堂当作圣人沐浴的沂水，寓意深刻。20世纪60年代，在东门外有日新居、日日新、又日新 3 家澡堂，其店名就直接来自儒家经典《大学》之《盘铭》，曰："苟日新，日日新，又日新。"福州温泉文化也有道家思想的一面。也从店名来看，如八仙居、一清泉、醒春居、太清泉、南华泉、松有泉、天一泉。"天一"一词源自《易经》"天生一，一生水"。水能克火。旧时澡堂多为木建筑，取名天一泉，借水克火。可惜，这些澡堂大多不复存在了。

▲在原汤井体验温泉足浴的老人品尝志愿者送来的拗九粥。陈暖 摄

福州温泉有四大古迹，即古三座、日新居、十槽、八角井，史称"地产磺汤，茅屋三椽""三山负盛名，五代留古迹"。据志书记载，当时澡堂在建筑方面"重轩复榭，华丽相尚"，用巨石打造石槽池、莲花盆和八角池，粗犷而又清新，这是公认的四大温泉古迹的特点。20 世纪 30 年代，兴建的百合明园，集传统福州民居和西方建筑风格于一体，从内到外都非常考究：有绿草如茵的花圃和奇花异木，姹紫嫣红，美不胜收；建有三层的猴屠、雷峰塔、假山和钓鱼台。每年还举行菊花展，并聘请上海杂技艺术家和福州曲艺界的艺人来园内登台表演，极一时之盛，成为当时福州的热门话题。清施鸿保在《闽杂记·汤堂》中对福州温泉沐浴的描述真实地反映了当时澡堂经营情况及世俗

生活。到澡堂去泡澡，是大多数上 50 岁的老福州人的习惯。结婚、生日到澡堂泡澡，精神焕发；出殡回来，到澡堂去，去邪过运，不可或缺；特别是大年三十，不管多忙，也要上澡堂去泡一泡，除旧迎新。福州话里有个词叫"透脚"，现在很少人会说，就是专门用来形容洗温泉后的那种舒服感觉，如果非要译成普通话，"透脚"就是从头到脚都泡得红通通、热乎乎的，那是一种纯粹的幸福。

一双木拖鞋、一把竹躺椅、一杯茉莉茶、一池汤泉水，伴随着福州人度过漫长而又温馨的岁月。汤涌三山，福泽榕乡，既是赞叹，更是自豪。

评话：一片铙钹一个天

岫 云

一个周末的上午，散步到于山南入口廓然台，一阵清脆的铙钹声从参天古榕，沿九仙洞、炼丹井花木扶疏间，曲径通幽而来，我不由迎声快步前行。在涵碧亭前看见些许听众席地而坐，亭中一个着对襟汉衣的老年人坐在一张案几后，神采怡然地操着福州方言，左手执钹向上，右手飞扬自得地执筷敲击，震动的钹与拇指上套的扳指相触，金玉齐鸣，发出悠长的颤音⋯⋯这是福州评话啊。

这一幕将我带回悠长的往年岁月。20 世纪 60 年代初，南街的塔巷、锦巷菜市场旁边，说书的评话场内，一排排竹躺椅有两百多张，整整齐齐围向一只条凳、一张案几的小台。那年代没有电视，电影院也不多，最常见的娱乐方式就是到书场听评话。"一个评话先生，一片铙钹一个天"，一人演忠臣、奸佞、侠客、强盗，哭笑怒骂、口若悬河，情节紧凑热闹、跌宕起伏，金戈铁马、公子佳人尽在眼前，评话场座无虚席。

那时，除书场评话外，福州只要有人烟的地方，如大街小巷、乡镇村头，都能听到评话的铙钹声。评话先生一个人走天下，生、旦、净、末、丑，撑起一个场。城乡百姓红白喜事、民俗节日、老人做寿、生意人还愿等常请人说评话。约定好时间，东家或在巷口，或在院落，或在祠堂搭起小平台，摆好桌椅，街坊邻村的乡亲从三五里外赶来，赶集似的热闹。应邀的评话先生风雨无阻，有的东家还会鸣炮迎接评话先生登台。台上惊堂木一响，场下顿时无声，常有书迷站着听书数小时，堪称"铁粉"。那时候，爱好文艺的乡亲都会哼上几句评话序头，说上几段评话故事。

闽都文化

据说，福州评话源自唐宋迁闽的中原说书艺人。唐末宋初，中原宗室士民迁徙入闽，尤其是随王潮、王审知同入闽的大规模、有组织的移民，这中间就有说书人。王审知曾亲自组织以唱经和百戏的形式迎神晏国师入主鼓山涌泉寺。南宋里人刘克庄诗"儿女相携看市优，纵谈楚汉割鸿沟""陌头侠少行歌呼，方演东晋谈西都"，就是写福州戏和说书的盛况。元代文学家陶宗仪《南村辍耕录》书中记述，宋末元初，临安著名说书艺人丘机山至福州说书，并以吟诵"诗赞"开篇，以"掐响钹"作间奏的"诗赞系说话"。福州评话形成于明末清初。相传评话著名艺术家柳敬亭不肯降清，南明灭亡后，入闽授徒，以福州话说唱的方式，借历史故事讽喻时局。后来，柳敬亭的大弟子居辅臣到福州双门楼授徒传艺，传承这种俗讲体式，成为福州评话。

现存清雍正、乾隆年间的福州评话刻本《七星白纸马》等数部，及清嘉庆年间《王绍兰十八判》等描述乡土传奇故事的评话，足见福州评话在当时的盛况。

辛亥革命时期，福州评话有《欢迎孙中山先生莅闽》序头。抗战期间，福州评话有大量抗日序头，讲大书前，宣传抗日"讲报"半小时。新中国成立后，创作有《小城春秋》《保卫延安》等评话。据《曲艺史》载，1964 年前，仅福州就有 27 家书场，以"福州评话三杰"陈春生、黄天天、黄仲梅为代表，每天说书的有 40 多人，早晚都有评话。

20 世纪 90 年代以后，随着电视普及，娱乐方式、文化场所发生变化，再加上街巷改建搬迁，听评话的人分散了，曾经每场几百人的听众只剩几十人，几乎都是老人家。就这样，福州评话渐渐淡出市民的生活，年青一代几乎不知道还有福州评话。幸好近年来，随着市民精神需求、文化表达需求等的增长，以及价值追求多元化的发展，表现福州人思想感情和喜怒哀乐的福州评话在福州八旗会馆、石塔会馆，每周二、周四及民俗节日，都有公益性演出，仓山独立厅还专设了烟山清风书场。

"啪"的一声，台上惊堂木一响，拉回我的思绪，亭中评话先生开始用竹筷敲击铜铙钹，一番诵唱吟——今天这场评书要谢幕了。

闽江口的"渔舟唱晚"

林瑞霖

"渔舟唱晚"出自《滕王阁序》之"渔舟唱晚，响穷彭蠡之滨"。文句形象地写出了古代的江南水乡在夕阳西下的晚景中，渔舟纷纷归航、江面歌声四起的动人画面。然而，就在闽江口之滨的东升村，每年的端午节期间，从初一到初四，每天晚上你可以看到、听到一群昔日的疍民后代相聚一起，伴随着铿锵的锣鼓声，唱起了古老的疍民渔歌——拉诗，构成了一幅闽江口的"渔舟唱晚"图。拉诗中唱道：

"咚""咚咚咚""咚咚咚""咚咚咚""咚咚"

"咣""咣咣咣""咣咣咣""咣咣咣""咣咣"

闽江（啊）碧水（哦）向（啊）东（哦）流（啊咯）（好咯），

水上（啊）人家（哦）难（啊）出（哦）头（啊咯）（好咯）；

行船（啊）讨海（哦）七（啊）分（哦）险（啊咯）（好咯），

冇吃（啊）冇穿（哦）血（啊）汗（哦）流（啊咯）（好咯）。

虽然现在东升村的疍民都已经在岸上定居，过上了安定幸福的生活，但老一辈疍民依然保留着端午节唱拉诗、划龙船纪念陈文龙尚书公的习俗。

闽江沿岸的疍民历史大致可以追溯到汉晋时期。一般认为，汉武帝元封元年派兵平闽越后，部分闽越人逃入闽东南沿海等地。久而久之，这些闽越遗民在闽江流域舟居水处，四处漂泊不定，是福建历史上独特的水上居民。琯头镇东升村是闽江口疍民聚居地之一。

疍民在历史上有各种不同的称呼，清末近代被人称为"诃黎""科题"

或"曲蹄"，音相近，但含有明显的侮辱之意。新中国成立以后，各地疍民陆续上岸定居，融入现代社会之中，往日的落后和受歧视的状况不复存在。

千百年来，疍民世代漂泊在闽江流域，凭借一叶扁舟出没于烟波浩海之中。他们以捕鱼为生，或奔走于港湾内外为人输货搭渡，过着艰辛的生活。至今他们还保留着往日疍民的生活特征：以船为家，长年累月在水上漂泊，或在江边搭建"吊脚船屋"而居；有蛇神崇拜的习俗，一些妇女尚头戴蛇形银簪，俗呼"蛇簪"；中秋或明月之夜"盘诗"，正月初二至十五上岸"讨斋"；等等。

此外，还有陈文龙（尚书公）信仰习俗。据传，从元末明初陈文龙被洪武帝朱元璋敕封为城隍、水部尚书后，划龙船活动逐渐成为纪念尚书公的一种信俗活动，并形成了相对固定的仪式。福州疍民一般有白天划龙船、晚上唱拉诗等活动习俗。

唱拉诗活动在五月初一至初四每天晚上进行，一直唱到深夜甚至次日凌晨。疍民拉诗是唱给尚书公听的，包含祈福、消灾等多种愿望。因为昔日疍民水上漂泊的生活极其艰辛、危险，且不受人善待，唯有通过神灵崇拜获得心理安慰，获得生活的自信，获得战胜灾害的勇气。因此，拉诗活动非常隆重。

开场之前要上香、祭礼。早期，闽江口疍民唱拉诗是在当日的"当香者"家中进行。当香者要备好供品祀祭尚书公，祭礼中有猪头礼一副、菜礼十样、鲜果三盘、太平包一份（三十六个包子）。当香者要从当地尚书庙先请出神像或香炉到家中。后来祭祀活动集中在尚书庙进行。礼祭毕，才开始唱拉诗。拉诗结束后，当香者要把祭品烹调成菜肴，配上好酒，招待拉诗队员。这是一种凝聚亲情、抚慰乡愁、传承习俗的乡土文化。

东升村疍民现有江、欧、连、林四个姓氏。不同的姓氏族群各有自己的拉诗队伍。参加拉诗活动的有本姓氏的信众，也有其他姓氏的信众。拉诗者则相对固定，有主唱者一人，帮唱者若干人。拉诗用福州话本地熟语按固定腔调演唱。歌词七字一句，前四字由主唱者吟唱，后三字帮唱跟着齐唱，句末高呼"好咯！"然后，鼓锣有节奏地齐奏。唱拉诗，时间一般有三四个小时，直到深夜甚至次日凌晨。疍民们认为用这种方式为尚书公伴夜，第二天划龙船才会顺利争先。

唱拉诗多依传统的唱本，亦可由演唱者临时发挥编唱。东升村目前保留的拉诗唱本有《江金官手抄本》和《江财通手抄本》两套，传习于88岁老人江木金俤。传统的唱诗有《拉诗词头》《十朵好花》《廿把白扇》《十粒橄榄》《十条罗裙》《十双罗鞋》《十五碗鱼名》《柴盘歌》《十想妹妹》《卖花人客》等，内容多表达对美好生活的向往、对水上艰辛生活的感叹、对年轻男女自由恋爱的憧憬。拉诗字眼直白通俗，形象化；腔调节奏明快，口语化；唱来朗朗上口，乡土化。

唱拉诗的腔调和节奏每一句基本相同：

$$3 \quad 3 \quad 2 \quad | \quad 2 \quad 2\,1 \quad 6 \quad | \quad 3 \quad 3 \quad 3\,2\,1 \quad 3\,1\,2\,3 \quad |$$

（领）闽 江（啊）碧　水（哦）（和）向（啊）东（哦）流（啊咯）

$$2.\underset{\cdot}{2} \quad x \quad | \quad x\,x\,x \quad | \quad x\,x\,x \quad | \quad x\,x\,x \quad | \quad x\,x \quad |$$

（好咯）咚　咚咚咚　咚咚咚　咚咚咚　咚咚
　　　　哐　哐哐哐　哐哐哐　哐哐哐　哐哐

传统拉诗每唱一句敲一次锣鼓，新的拉诗唱两句敲一次锣鼓。东升村的疍民拉诗世代相传，至今已有一百多年的历史。拉诗和划龙舟成为东升村最重要的传统习俗。拉诗是一项珍贵的非物质文化遗产。改革开放以后，传统的拉诗不但得到保护和传承，而且有了拓展。新编的《十劝阿哥》《十劝阿妹》《十劝阿公》《十劝新人》等，以古老的拉诗形式倡导新时代文明新风。2021年6月，东升村根据《柴盘歌》片段改编创作的拉诗《翻身疍民谢党恩》搬上琯头镇庆祝中国共产党成立一百周年文艺晚会的舞台，古老的疍民拉诗开出了新时代民俗文艺之花。

情系福舟

姚秀斌

三山如父，闽水似母。福州的端午时光，绕着指尖，在翠绿清香的粽叶上滑行，裹出糯米香的角粽。

惊蛰过后，万物勃发，端午近了，福州水域中的龙舟也纷纷起航。其实，早在二月二龙抬头的时候，福州龙舟队就忙起来了。闽越族先民"习于水斗，便于行舟而往若飘风"，福州的龙舟文化，根植在老福州的千年民俗中。

派江吻海的福州，人们临水而居。福州制作龙舟始于明清，已有百年。至今在福州古船厂仍可找到本土传承、坚持古法造舟的名匠。船厂古法造龙舟沿用整棵大木，经人工剖面，精雕内舱，细琢塑形，再辅以线、钉、楔等20余道工序，龙舟初成。我漫步在大樟溪边的古船厂，仿佛听到遥远的斧凿之声诉说着福"舟"的前世今生。

闽水牵情，龙舟引梦。福州端午龙舟赛在庆典中起航，他们驱桨出航，击浪水中，引万物蓬勃。一锣一鼓一舵32名划手，当鼓声响起，龙舟疾行竞渡，桨随鼓点起伏击水，动作整齐划一，观众在岸上忘情喝彩，鼓声阵阵如雷，那热闹的场面，童叟俱欢喜。

福州107条内河，烟雨成诗。端午，在人烟辐辏的水域，男人们忙着划龙舟，向江心进发；女人们忙着包粽子，一边转动手指，一边把笑声融入米粽，棱角分明的粽子如同一件件艺术品。小时只知甜甜的豆沙粽好吃，长大了渐渐对民俗产生兴趣，于是找到一位阿姨学习包粽，自从学会了这个有趣的手艺，端午节也有了仪式感。

左海星辰

龙舟之境在福州四处可见。漫步白马河畔，可见几处高高挂卧在亭子横梁上的龙舟。每年观赛，总会想起清光绪年间进士陈海梅写的"竞渡夺鸭"诗词：许多桂楫与兰桡，鸭鸭浮沉近复遥。爱鹜争先如逐鹿，画船飞过两条桥。诗中"桂楫"与"兰桡"，指龙舟双方的划手；"两条桥"是"万寿桥"与"江南桥"；诗中提及的"鸭鸭"，指端午当天，台江码头搭起彩棚，挂上锦旗，摆上奖品，一些商户买来鸭子，待龙舟赛进入夺冠高峰时，把鸭子放入江中，游泳高手下舟夺鸭，即龙舟赛中的"夺鸭"活动。

在第44届世界遗产大会的形象宣传片《山海和鸣》中，福州龙舟作为福建一个文化元素，再次向世人展现了它的魅力。

有福之州，有福之舟。祈愿家家户户瑞祥安康，祈福天佑中华国泰民安。

▲划龙舟大赛。叶义斌摄

高峰之上

缪淑秀

三月的乡野，草木葱茏。九峰之上，一座以"高峰"命名的书院静卧时光里。

高峰书院始建于宋嘉定年间，创建者为朱熹理学第一传人黄榦。

黄榦（1152—1221 年），字直卿，号勉斋，闽县人（今晋安区岳峰镇），自幼聪颖，志趣广远。

淳熙二年（1175 年）冬，黄榦在庐陵名士刘清之的举荐下，迎着风雪，艰难跋涉，来到崇安（今武夷山市）五夫村向朱熹求学，但朱熹刚回婺源祭扫祖墓。为了等到朱熹，黄榦住在附近的客栈里。《宋史·黄榦传》记载："榦自见熹，夜不设榻不解带，少倦则微坐，一倚或至达曙。"这样一等就是三个月。第二年春天朱熹归来，看到黄榦，颇为赞许，收为门生。后人撰联赞誉：伊川府前立雪一尺，世皆尊程氏高弟称游杨载道南矣；紫阳户外候师三月，吾独赞朱子门人号颜曾续统北焉。

黄榦十分珍惜在朱熹门下的求学机会，认为"学问无穷，不可以轻儇浮浅得也"。朱熹"语之以道德性命之旨，言下领悟"。

黄榦的安贫乐道、刻苦求知打动了朱熹，他将自己最怜爱的女儿朱兑嫁给了黄榦。当时，朱熹声名显赫，"公卿名家莫不攀慕，争欲以子弟求婚"，而他却选择家境清贫的黄榦为婿，也是为程朱理学选择了传承人。

黄榦回忆师从朱熹的情景："榦丙申之春，师门始登，诲语谆谆，情犹父兄。春山朝荣，秋堂夜清，或执经于坐隅，或散策于林坰，或谈笑而春容，或切至而叮咛。"足见两人情谊之深。

左海星辰

黄榦从学朱熹达 25 年，在朱熹理学思想体系的建构中，发挥了极其重要的作用。黄榦毕生以传承理学为己任，使理学冲破"伪学"的禁锢，成为南宋之后的正统思想，也使蕴含于理学中的求理、求实、忧患、力行、道德、开放的思想根深蒂固地植入中华文化的血脉中。其可考的专著有《五经讲义》《四书纪闻》《诲鉴衡》等。其编著的《朱子行状》中以"绍道统、立人极，为万世宗师"之说高度评价了一代理学大师朱熹的德行。明末清初，由黄榦整理编辑的朱子著作，经传教士漂洋过海，在欧洲也广为流传，影响深远。

朱熹在弥留之际，把自己所写的书全部托付给黄榦："吾道之托在此，吾无憾矣。"

黄榦承朱熹理学衣钵，历官州县，讲学不辍。在闽期间，黄榦亦潜心讲学，身体力行，声名远播，诸生云集，"巴蜀江湖之士皆来受学"，遂在石牌村箕山东北隅建一书院，取名"高峰"，一为书院地处高峰，二为勉励弟子勇攀知识高峰。此后，从高峰书院里走出了赵师恕、杨复、陈宓等贤达。

嘉定十四年（1221 年），黄榦去世，停柩于高峰书院，后安葬于高峰书院西南侧的庖牺谷。宋理宗皇帝赐赞："猗欤黄父、绍述文公，圣学之传，独得其宗；四书三礼，赖所折中；颜曾比匹，洙泗推功；江淮著绩，幕府策勋；泗水德化，不愧斯文；尊祠享祀，瞻彼德容；佑我邦国，万世聿崇。"并追赠为朝奉郎，诏谥"文肃"。元裕宗皇帝赠为御书：麟凤龟龙。清康熙皇帝御书：道统斯托。清雍正二年皇帝下旨：宋儒黄文肃公从祀圣庙。黄榦之誉，为闽地文人之首。

斗转星移，曾与白鹿书院、岳麓书院齐名的高峰书院，渐渐湮没在历史的长河中。2003 年，黄榦第 26 代孙黄宏飞在高峰书院遗址上重建起高峰书院，2014 年 7 月起对外开放。

"居敬以立其本，穷理以致其知。克己以灭其私，存诚以致其实。"伫立高峰书院前，细品牌楼上这句来自黄榦《圣贤道统传授总叙说》中的名言，悟理学之智慧，恰如这乡野的阳光温暖而明媚。

多情马厂街

林万春

阳春三月，我和摄友到榕城仓山拍近现代洋建筑，因此来到马厂街11号忠庐。忠庐建于1932年，蒋介石和宋美龄的秘书吴淑贞在此居住多年；此庐不仅高大、宁静优雅，还被志书誉为"福州市西洋建筑艺术风格突出的典型、近现代建筑城市发展的载体"。我们绕着外墙远拍，恰巧主人外出打网球归来，热情邀请大家做客，两只爱犬也兴奋地在一边蹦叫不停。

主人应荣荣，原在市建委工作，已退休多年，这位花甲老人阳光、健谈。进了屋，可见尖顶、露台、百叶窗，西式的拱门走廊很宽敞，除了浓浓书香味，还摆着一台钳床，各种工具一应俱全，竟然还有几件半成品。他说有空常为亲友和熟人做些小玩意儿，如金属炊具、钥匙什么的。看得出来，这是个热爱生活、喜欢动手的老人。

建筑很别致，高三丈多，三层木地板，青砖拱门百叶窗，露天的阳台特别精巧，在金黄色阳光和花香笼罩下，仿佛是百灵鸟和夜莺经常光顾的地方，整个风格显得凌峭大气。屋内冬暖夏凉，十分宜居。

"一庭花竹半床书"。最吸引我们眼球的是满院子花草，前院几株古树枝干遒劲，一排佛肚竹也十分风雅。后院更空旷，有三株高大的杧果树，互为犄角，树下有木瓜、番石榴、茶花和各种兰花，鲜活水灵。应荣荣特别为我们介绍了一棵高大的昙花："昙花一现很好看，我特别拍了几张照片，供来往亲友欣赏。"一口圆栏旧井也引人注目，井水清清，可以照到人影，如今供主人用来洗涤和浇花。

忠庐是在应荣荣的外公许世光手上盖起来的，当年他是"电光刘"的会

▲烟台山夜色。陈建国 摄

计师，深受刘家信任。应妈妈也是闲不住的人，这三株杧果树就是她种下的，她一生爱国爱乡，退休后还帮街道做事，一直是公益事业的热心人，享年95岁。应荣荣的父亲活到90多岁，舅舅许道本106岁才去世。老辈人都有一个特点，坦荡为人，敬业爱国。许道本和许德正也是学者，作为钱锺书的好友，在历史上留有一段佳话。

我们问起如今家人何在。他答道：妻子在日本，那里的滨海气候适合她养生；独生女在美国加州大学进修人类生命科学，从事医学研究。他不喜欢日本的喧嚣，过两三年再考虑和女儿相聚，故土难离啊。他退休闲下来后，种种花，打打球，有时会会亲友。他说，自己这辈子最感到安慰的是，如今仓山在建历史文化保护区，在各级政府重视下，大量近现代建筑成了宝贝。

说起周边的古建筑，他如数家珍，爱庐、拓庐、梦园、可园、以园等，每座建筑都有不同的文化符号。例如，梦园是同盟会会员叶见元出资建造的，为两层带地下室英式风格建筑，还有好看的三层碉楼，民国时期多次侨务、政务会议在此举行。他特别喜欢诗人林徽因住过的可园，这位美女也是他的建筑同行，两幢楼相距不过百来米。当年她不喜欢先人在高桥巷置办的日本式平房，喜欢住可园这种中西结合带花圃的庭院，那是在1927年8月中旬，仅停留一个月。听应妈妈说，林徽因的福州话说得极流利，无论老少，和大家相处愉快，始终视此地为故乡，而出生地杭州"仅是半个"。在几位同人陪同下，林徽因还游了鼓山、鼓岭、西湖等地，为乌石山一中演讲"建筑与文学"，为英华中学演讲"园林建筑艺术"，还精心设计了东街文艺剧场。在老人心目中，当年24岁的林徽因不仅人美、诗美，还特别有事业心，给家乡带来"人间四月天"。

那天临别时，我们给他和忠庐照了一张合影，同时摄取的还有阳光、花香和鸟声。

绿色之城

流香聚福安泰河

张冬青

从武夷山脉、仙霞岭发源的闽江，五百里逶迤奔涌而来，与五虎口涨潮的海水在这里汇合，于是就有了"潮平两岸阔"的意境；江水转头与城北的诸峰合议，要在闽都这座有福之州的城内淘洗出纵横交错的河湖水道，为这座美丽的城市流香聚福，江水因此流得更加回旋有度、踌躇满志。

古称"江城福地"的福州，因其城区内河众多、水网交织而有"东方威尼斯"之说。据史料记载，福州城区有内河 247 条。曾巩知福州时，作《道山亭记》，指出："其城之内外皆涂，旁有沟，沟通潮汐，舟载者昼夜属于门庭。"清代著名诗人黄任有诗曰："山藏城内皆三岛，水到门前即十洲。"盛赞福州城内水上交通之便利。我们必须感谢唐末五代十国时的"开闽王"王审知，是他主政期间在罗城外开通了这条东西走向、长 2.52 公里的护城河，将两头纵横南北的琼东河、白马河接通，闽江潮水流涌贯入，城区坊巷水陆舟船畅通无阻，后人以安康泰顺之意取名为安泰河。如果说福州是一位动静相宜、仪态万方的美人，那么白马河、琼东河就是美人的两条大动脉，安泰河则是血脉丰盈流贯全身的静脉。千百年来，任督两脉相互交融，氤氲的水汽和绿荫笼罩生成的负氧离子滋养了大半个福州。安泰河因而成为福州城区水网中最重要的一条内河。

说来惭愧，客居福州四十载，早年就学、工作与居住地也大都在安泰河附近，我竟没能认真地全程走过这条滋养了我大半辈子并与我的生命有诸多交集的河流。

今年小满后的大半个月里，福州几乎都在下雨。等不及天放晴，在一个微雨的上午，我便撑把雨伞走访安泰河。西水关与白马路交界处，有些浑浊的水流从白马河涵洞涌入宽七八米的河道，这就是安泰河的西向起点。

▲ 安泰河。陈暖 摄

小河左岸有数棵高大葱郁的百年老榕，盘虬的树根处有成束成片烧燃后留下的朱红色香根，这是当地居民的树神崇拜。路边的住宅小区院墙有粉红的三角梅、翠竹的枝叶探出；行人绝少，能听见细雨洒落伞顶的细微声响，显得格外幽静。走过明成化年间修建的古观音桥，桥后有另一道水流从杨桥路方向涌入，河水便转南北向往乌山方向流去。水声汩汩，看得出堤岸大多还是保存完好的古时遗存，凹凸不平的石条间随处可见紧盘其上、肆意横生的榕树的黑褐色气根，犹如退潮时许多吸附在礁石之上安之若素的巨大章鱼。智慧的古人早就明了，榕树生长旺盛、根系发达，有固岸的作用，因此，眼前所见的岸树大都是榕树，有大叶榕、小叶榕、笔管榕。榕树生命力顽强，百年老树衰朽了，延绵的气根很快发出新芽。春夏之交，榕树的树籽随风飘落，有的被鸟儿啄吃了，遗存在石缝间的树籽来年可发芽长成新树，榕树就这样常绿常新。

堤岸两边不时能看到"截污管道、雨水排放口"等标记，那是这些年福州下决心大力整治河道污染的见证。一条小船在水面无声地划过，船上的园林工不时用手中捞网打捞着杂物。我看着穿红马甲的园林工的背影逐渐远去，消失在绿色的隧道之中。

沿着小河右岸新砌不久的平整石板路行走，岸边有长长的木构长廊；再往前，路右边是大片的"前村新村"社区住宅楼群；河对岸，绿树枝叶间隙能见到些许酒楼、会所的标识，还有车水马龙的通湖路。我举目四顾，心头倍感亲切却又十分陌生。20世纪80年代初，我有幸从闽北山区考取省艺术学校编剧大专班，校园就在沿河这一带。如今，母校早就升格为艺术职业学院，迁往闽侯大学城，我怎么也寻不着学校当年朝东的大门所在了。直到看见低矮屋顶上积满荒草落叶的朱红色跨河古桥亭，横越过亭顶的那棵老榕树苍劲依旧，只是树身上爬满了更多的蕨类植物，我才好生回过神来。就读大专班的三年里，我曾常在这里倚着桥亭望着流水冥想发呆；无数次走在水岸边凸凹不平的石板路上；写作课要交作业时则独自沿河岸往北上乌山，找张树荫下的石桌石凳，坐下咬半天的笔头；周末也间或和同学向南奔西湖游玩，接到女友的来信总要绕河转上一圈；临毕业时为了留在省城四处奔走，百无聊赖之时，也会在桥亭边摘几片树叶扔下，看它飘落何处。总之，校门前的安泰河水时常给予我这个乡下来的男孩以无声的包容与慰藉。

安泰桥流经乌山脚下的光禄坊，转头向东便渐入佳境。灵响社区小巧别致的公园内有飞檐翘角的揽虹亭，一个足有几吨重的黝黑大铁锚斜躺一角，平添几分"海上丝绸之路"的意蕴。澳门桥就在眼前，虽是古桥却早已被澳门路的水泥路面覆盖，但古码头苔藓斑驳的石阶仍在。桥头北向就是闻名遐迩的三坊七巷。

我在雨雾迷蒙的澳门桥头伫立，神思恍惚之中仿佛看到衣袂飘飘的严复老先生正漫步在河岸的树影间，手捻长须吟哦他呕心沥血翻译的《天演论》；晚清洋务运动重臣沈葆桢正峨冠顶戴，健步走下码头石阶，乘潮头小舟往港口出海赴台办理海防事务。

从澳门桥往里，是桂枝里。这里有一段凄美爱情传说。相传，桂枝里河两岸有一对青年男女互生爱慕，二人隔河用荔枝换绛桃，后女方被闽王强征为婢女，二人难以成就姻缘，于是双双跳进熊熊燃烧的柴塔殉情。曾有剧作家将故事改编为闽剧《荔枝换绛桃》上演，轰动一时。沿河岸街面商铺林立，有福州鱼丸店、永安竹天下、鼓楼信鸽协会等。三层的单福楼灯火明亮人头攒动，午聚的宾客已经次第到场；印度尼泊尔菜馆前，河岸边一溜摆放着搭了凉棚的餐桌，几位穿着异国服装的餐馆青年男女员工或站或坐，他们互相交谈着；矗立在安泰桥北的安泰酒楼是以闽菜驰名的百年老店。

越过河南岸错落有致的商铺，依稀可见鳞次栉比的楼房，福建省卫生学校、省妇幼保健院等最早都在这里。新中国成立初，我的姨母阮翠屏曾在省卫生学校就读。当年，她是我们那个闽北小山村唯一被推荐到省城读书的女孩，也是我们家最早见识福州城的人。姨母卫校毕业后，在老家乡镇医院从事助产士工作，直至退休。我见过年轻秀雅的她身穿黑色布拉吉套裙与同学伫立安泰河畔的合影。1989年12月那个极其寒冷的冬日，我的女儿在省妇幼保健院经剖宫产出生。因我们夫妻俩刚参加工作，经济拮据，没有租住单间产房，刚出生时大眼溜转的女儿竟因受冻好几天睁不开眼睛。初为人父的我茫然地在楼下的安泰河边徘徊，望着河水默默祈祷。孩子终得以渡过难关健康成长。前几年女儿从北京一所艺术学院毕业，在福州从事她喜欢的工作。对这条佑助、滋润我们家人良多的内河，我的内心充满感激。

横穿八一七路的安泰桥往东，河右岸便是朱紫坊历史文化街区。此地文化积淀深厚，是历史上的儒学文化核心区，街区内有三座孔庙、两座县衙、一处省级学院署，这在国内是罕见的。这里还是近代中国海军将领的聚居地。从安泰桥往秀冶里的千米街面上，依次可见海军宿将萨镇冰居住过的萨氏民居、北洋水师将领方伯谦故居，以及陈兆锵故居、陈培锟故居、郑大谟故居等。沿街还有诸多新设的艺术场所，诸如千文万华堂、朱紫漆局、后六乐坊、风物堂、怀璞漆艺坊、芙蓉园沈绍安漆艺博物馆等。让人叹为观止的是秀冶里沿河岸生长的古榕树群。只见十多棵数百年的老榕树沿河岸排开，绿叶虬枝、遮天蔽日，一些苍劲的气根已然横跨过河在对岸扎根生长，它们见证了这座城市的沧桑巨变。

武安桥头设有高耸的水闸，安泰河水在这里形成半米多高的瀑布，一路向不远的五一路琼东河方向流去。望着脚下哗哗流淌的河水，我在心里默默祝愿：安泰河，我心中的吉祥河，愿您流香聚福奔涌不息，年年岁岁。

千园之城，花开不谢

青　色

最好的年华，我在福州读书、工作、追花。

灰暗的城市

夏日闲坐窗前翻看相册，两张泛黄的照片跃入眼帘。

一张是 1994 年 5 月中专快毕业时，我和两位同学并排站在左海公园湖畔，三人笑容灿烂，背景是杂草丛生的西湖公园。另一张是个人照，我抱着一棵假槟榔树，对着镜头故作深沉，背后是荷叶田田的西湖。这是在福州求学期间的留影，也是仅存的两张照片。

20 世纪 90 年代初期，从平潭到福州，要坐一整天的车，客船、大巴、公交车，到学校快的要五六个小时，慢的要十多个小时，一路颠簸，一路晕车。回平潭一次，坐一次车，如生一场大病，休息数日才能恢复。因此，尽管平潭距离福州只有 80 多公里，我却极少回家，大多数时间都在学校。

最深的印象是，每到晚自习结束班级熄灯后，我就带上浓茶，和同学躲到一个没有熄灯的教室读书，到十一二点才回宿舍。周末，我就登上学校的最高楼——八楼，那里安静，也可以俯瞰福州。彼时的学校周边一片灰蒙、宁静。一条窄窄的交通路从校门口横穿而过，路旁零星种着一些我从未正眼看过的树。

在吃不饱、穿不好的年代，我甚至忘了自己是如何度过那漫长的 3 年的。去的最远的地方是鼓山，3 公里之内的西湖公园都极少去。毕业那年，第一次去逛新建的左海公园，才顺便去了西湖公园。

那时的福州是灰暗的。

绿色的城市

毕业后，我回平潭工作。未承想，4年后我又来到交通路。这里有我曾经梦寐以求、如今就读的大学——福建医科大学。再次来到福州，世界似乎发生了翻天覆地的变化。道路都铺上了柏油，也宽敞了许多，连交通路都是亮锃锃的，夹道还种着齐整的大叶榕。校园里绿树成荫，开满了各色鲜花，红的石榴花，白的栀子花，紫的紫藤花。人坐在教室里，心却被窗外的花草牵走了。下课时忙不迭地飞入花草丛中，与蜂蝶共舞。

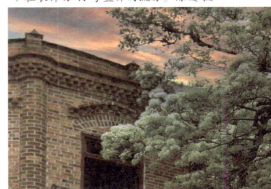

▼在衣锦坊 41 号盛开的流苏。陈暖 摄

大二那年，石榴花开欲燃。我拉上几个爱花的同学去采花。归来之时，课已上了一大半，恰好是班主任的课，同学们早就偷偷地把手里的花丢掉，唯独我舍不得那几枝石榴花，紧紧攥在手里。在"罪证"确凿的情况下，班主任把我留了下来，问为何迟到。我嗫嚅地争辩道："偷花不算偷。"或许是被我的表情逗乐了，老师笑着把我放了。

▲麦园路蓝花楹。陈暖 摄

有了一段工作经历再回到校园，这样的学习机会弥足珍贵。医学生，总有永远读不完的生理、解剖、药学。暑假，我们也躲在图书馆里苦读。那时，校园里满目葱绿，杧果树上挂着沉甸甸的杧果。白马

河畔开着整片整片的黄花槐，美丽又安静。

那时，福州是绿色的，也是明亮的。

五彩斑斓的千园之城

2007 年，因工作调动，我再次来到福州。曾经破败不堪的三坊七巷正在改造重建，二环路也逐渐完工，城市里多了许多我不认识的公园。这座城市正以我想象不到的速度前进着，熟悉又陌生。彼时的我不曾料到，多年以后的自己会在这座城市里深深喜欢上花草，遍寻福州花木，并走上植物散文创作之路。

不知从何时起，福州的街头冒出了蓝色的筒状花、黄色的小米粒花。身边的朋友告诉我，那是蓝花楹和黄山栾树。原来，我们身边的每一种植物都有自己的名字。从此，我不可自拔地迷上花草。从认识身边花草到园林植物，从追花到追叶、追果，从陆地植物到水生植物，不停地"刷山"、追花。我似乎又回到了童年那些追逐花草的日子。

朋友们戏称我为"痴狂追花人"。因为我看到花草便不顾一切地围着它们转，还要打破砂锅问到底，到处询问它们的名字。问不到，便到网络上去查询。但凡遇到懂一点植物学知识的人，便喜不自胜地拜师学艺，不论他是小学生、中学生，还是农民或是教授。那时，每天最快乐的事是临睡前将自己白天查询的资料记录下来。在没有手机识花软件之前，我就是用这样最原始的办法认识一花一草的。在旁人看来，这是傻子才做的事："世界上那么多的花草，什么时候才能认识完啊？傻呀！"

是的，就是这么傻，我把所有闲散的时间都用上了。终于有一天，站在一片荒草地上，目之所及，所有花草我都能轻声唤出它们的名字，并如数家珍地说出关于它们的故事，像面对一个个老友。那一刻，我充满了自豪。

我在如痴如狂地追花，这个城市也在日新月异地变化着，成了千园之城。曾经在我眼里灰暗的城市，越来越明亮、多彩。大楼越来越高，城区不断扩大，公园越来越多。与此同时，追花路上认识了不少同道中人。

有了一群志趣相投的花友，追花的半径也不断扩大，从小区、街道，到公园、绿道；从城里到城外，到周边山中。城里城外的哪一处花开了，大家争相播报花讯、拍花共赏。

春天，我们去永泰赏梅、赏李，也去闽侯廷坪赏枳壳花。有一日，在去看花的路上，邂逅一场极大的雾，能见度不到3米，后退不行，只能前进，一路揪着心到了目的地。雾中看花格外美丽，果然不虚此行。漫山遍野的枳壳花，与农舍、溪流、田野、山林交织在一起，如帧帧画卷。这次是冒着生命危险去看花的，但我依然慨叹：人生"枳"得！

也曾在酷热的夏天，独自一人踏上寻访福州古荔踪迹的"征程"。福州不但是榕树之城，也曾是荔枝之乡。至今，闽侯仍有不少数百之龄的荔树，城内亦有诸多的古荔，包括三坊七巷的二梅书屋、朱紫坊的芙蓉园。历史上，福州有四大名荔：西禅寺的宋荔丰标、乌石山的洞中红、开化寺的十八娘、余府巷的亮功红。两个月的探访中，有幸品尝了西禅寺的千年宋荔，也见证了双骖园旧址上的10棵洞中红古荔重见天日；更难得的是，开化寺的荔枝十八娘的遗种树也在芳沁园门房后寻着了。

我们不但追花，也为花儿过节。

那年6月，我和女友们花上整整一个月给茉莉花过节，所有的活动都围绕着市花——茉莉花进行。前期，为茉莉花作诗，为茉莉花作词作曲，为茉莉花绘画。节日最后一天，所有人穿上传统服饰，举办一场属于自己也属于茉莉花的文艺活动。我们亲手采摘茉莉花做手串、花冠，包茉莉饺，制作茉莉蛋糕、茉莉汤，朗诵关于茉莉花的诗歌。那一场盛会，至今朋友们仍称赞不已。

桂花飘香的季节，我们则在宦溪镇弥高村穿上汉服举办桂花节，酿造桂花酒。

……

千园之城，四季轮回，花开不谢。有福之州有看不尽的花木，诉不尽的花事。追花这么多年，我觉得我们都是幸运又幸福的人儿。

故乡榕树下

叶 红

记忆中的老宅早已化作历史的尘埃。在我的印象里，老宅前不远处的巷口，有一棵老榕树，高大婆娑，枝叶勾勾连连，纵横交错，亭亭如盖。每年春风乍起，大树周围就会泛起点点新绿，入眼是诗，开卷是画。即使老宅已经不在，多年之后，这棵榕树的身影还是时时萦绕在我的脑际。

榕树是南方热带、亚热带地区特有的树种，也是福州市的市树。据史书记载，宋英宗治平年间，张伯玉移知福州时"编户植榕"，至熙宁年间"绿荫满城，暑不张盖"。程师孟有诗赞云："三楼相望枕城隅，临去重栽木万株。试问国人行往处，不知还忆使君无。"正唯其有此种气概，才有了后来的气象，遂历千年而不衰，不负"榕城"之美誉。

自我有记忆起，榕树就没有离开过视野，在街道的两旁，在起伏的山岗，在蜿蜒的乡间小路。它们默默立于风尘和喧嚣中，努力张开宽阔的臂膀，去拥抱这座城市的四季晨昏。它们在朝晖之中挺立的样子，无比峻拔优雅，宋代诗人谢翱曾感叹："岸池藕尽无浮叶，唯有青青榕树枝。"

榕树的功用是多方面的。种在江边或湖畔，可维护堤岸，保持水土；种在路旁，可作为行道树遮阴，正如嵇含在《南方草木状》里所说"其荫十亩，故人以为息焉"；植于庭前院后，可绿化美化环境。在城市里，它实在算不得贵族，也非雕梁画栋之材，质朴得像平民。很多人都误以为它是无花树，其实它是隐花植物，果生于叶腋，树的繁殖不在其籽，而在其根。榕树的品格在于它不显光华，随遇而安，也无意于高攀远行、争奇斗艳，哪怕是开花结子也隐于人前。此种怀抱，正是其超越寻常的特殊品格之所在，无怪

左海星辰

乎生于斯长于斯的人们对它如此深情厚爱。

榕树还是一种长命树，其寿命之长不亚于松柏，所以人们也称它为"不死树"。榕树有着极其旺盛而顽强的生命力，不但易成活，而且生长、扩张特别迅速，孕育、开花、结果，一年一年，生生不息，即便是在寒冷的冬天，也要沐浴着朗朗天风向上生长，迸发着永不枯竭的勃勃生机。

林聪彝是林则徐次子。其故居坐落在福州三坊七巷宫巷24号，紧挨着林则徐二女婿、船政大臣沈葆桢故居的东墙。故居花园里有株苍劲常绿的古榕，这棵小叶榕胸径1.2米，树高20米，冠幅12米，背倚墙边。在铅灰色的天空下，它就像寒风中一位无语的老人，刚直挺立，枝丫伸张，铁骨铮铮。经历了长时间的风吹雨打，其皮色皲裂斑驳，但粗糙的外表下却蕴含了高古、独立、顽强的品性，有着比骨头更硬的心劲。那巍峨的树冠，给人以一种庄重又孤傲的感觉，气势威严，无论远观还是近览都得仰望。

穿越苍茫的历史烟云，我可以想象，曾经有那么一位目光如炬的智者，时常徘徊在这棵树下，默默体会它风中的成长、雨中的期待和落寞的伤怀。他知道，当落英散尽，那褪色的树木才会尽显生命苍劲的脉络，那是一种阅尽人世沧桑的厚重。所以，尽管经历了人生路上的风雨坎坷，他依然可以做到宠辱不惊、去留无意，初心不改、砥砺前行。

清同治七年（1868年），林聪彝署杭嘉湖道，督修海塘。他与民同甘共苦，前后5年，修建了不少水利工程，深受百姓的拥护和爱戴。同治十一年（1872年），林聪彝因病回福州。光绪三年（1877年），浙江巡抚梅启照请林聪彝再出，刚好福州连年发生大水灾，上司获准疏浚河道，林聪彝被挽留在福州负责治水。他不辞辛劳，日夜奔走于江岸河边，终因积劳成疾，旧病复发，于光绪四年（1878年）五月病逝家中。

林聪彝用自己的一生践行了"苟利国家生死以，岂因祸福避趋之"的父训，也仿佛庭前的那棵老榕，"纷吾既有此内美兮，又重之以修能"。立着，就要翠拂今人，泽被后世；倒下，就化为一抔泥土，融进大地的血脉，滋养这一片沃土。

琴亭湖畔映山红

周　琦

　　仲春时节，山色空蒙中，最为耀眼的当数漫山遍野的映山红。它们在山间峡谷迎风绽放，这里一丛，那里一片，团团簇簇，层层叠叠，云蒸霞蔚，美不胜收。往年，我常与一众友人前往乡间寻觅映山红，去过闽侯大湖、罗源霍口，还有福清南岭，青山绿水间的映山红使人沉醉，让人迷恋。如今，想要观赏映山红姹紫嫣红的风姿，不必再翻山越岭了，福州琴亭湖公园里的映山红就能点燃人们对明媚春光的渴望。

　　琴亭湖位于五四北路琴亭高架桥下，是福州晋安区古东湖遗址之一，湖

▲琴亭湖畔，映山红姹紫嫣红，香海起伏。陈暖 摄

左海星辰

状如琴，集蓄洪排涝和城市生态休闲观光于一体。映山红是琴亭湖公园的"当家花旦"，近年新建成面积有 1000 平方米的杜鹃花品种园是杜鹃花的科普基地。公园还举办别开生面的"杜鹃花文化节"。

周末，与一群玩摄影的朋友相约琴亭湖，乘公交在浮村下车后步行约 10 分钟来到琴亭湖。步入大门就见到湖畔山坡上的映山红，一簇簇、一片片，开得正艳，有粉色的毛鹃、白色的东鹃，还有鲜红的西鹃。它们在春风的吹拂下，在湖水的映衬下，在阳光的映照下，焕发着勃勃生机。沿着湖畔石径前行，映山红一路相伴，摇曳生姿，路有多长花带就有多长。

映山红是俗称，在植物学中属杜鹃花目。杜鹃，花形众多，枝叶繁茂，世界各大公园都有它的倩影。我国江西、安徽及贵州将它定为"省花"，长沙、无锡、九江等多个城市将它定为"市花"。我国曾评选"全国十大名花"，杜鹃花排名第六。映山红生长繁殖迅速，在任何土壤都能生根开花。古代文人墨客对它推崇有加，给后人留存了不少绝句佳作。它的传说、故事在古籍中也不乏记载。世界各国都发行过它的邮票。20 世纪 70 年代的电影《闪闪的红星》，一首脍炙人口的插曲《映山红》更是让映山红家喻户晓。

沿着琴亭湖畔一路蛇行，齐腰的映山红时时映入眼帘，不断冲击着视觉。然而，来到"杜鹃园中园"，登上那座人们俗称"杜鹃山"的小山坡，眼前的映山红更是令人叹为观止。这儿，鲜红的映山红连绵成长长的花带；那儿，白色的映山红簇拥成圆形的花海；左边，粉色的映山红堆砌成层层叠叠的花坛；右边，绛色的映山红摆放成一兜兜花篮……最惊艳的要数那白色花心带粉色条纹的映山红，娇艳、浪漫，恰好园艺师刚刚浇了水，那一朵朵美丽的花儿在春日的映照下泛出点点星光。

一路疾行颇觉劳顿，友人们围坐在花间长椅上小憩，周身环绕着映山红，闲聊时说起描写映山红的诗句。有的说到宋代赵师侠的"杜鹃花发映山红"，有的提及宋代刘萧仲的"只应都作映山红"，有的诵读宋代陈允平的"鬓云斜插映山红"，而我最喜爱宋代杨万里的《映山红》："何须名苑看春风，一路山花不负侬。日日锦江呈锦样，清溪倒照映山红。""夜半三更哟盼天明，寒冬腊月哟盼春风……"不知是哪一位先小声地唱起电影插曲《映山红》，接着众人一起跟着哼起来，然后纵情放歌，就连路过的游人也忍不住加入进来，汇聚成一曲高歌的洪流。唱罢，众人开心地齐声大笑，随后起身继续前行。

春回大地春色宜人，春暖花开春意盎然，"策杖郊原信步行，沙边春水半涵清"。望着园中绚烂的映山红，望着这澧碧绿的湖水，望着天边浩渺的宇宙，不禁发出"男儿有求安得闲"的感叹。

▲琴亭湖边鱼骨造型的浮伐码头。陈暖 摄

左海星辰

"福山"青绿

杨晨晖

漫步在"重重似画，曲曲如屏"的福山，徜徉于祈福台、福源、桃花源及福榕园网红点，一幅青绿山水画如同绵长的画轴，在我的眼前依次舒展、延伸……

流连在祈福台的"五福石"之前，我潜心体会"福"字的神、韵、气、骨：但见那甲骨文图画性强，线条细瘦；篆书流云舒卷，通畅自如；隶书意融笔畅，神韵兼具；行书奔放潇洒，遒劲有力；草书，雄浑厚重，磅礴大气。品书法之精妙，悟文化之精深，寓意五福临门的"五福石"给人惊鸿一瞥的视觉冲击，其设计游走于书法与艺术之间，从审美需求、精神需求出发，进行艺术化和审美化的创意，以"福"字的演绎史解读有 2000 多年底蕴的闽都文化。一如纪录片《"字"从遇见你·福》的解说词中所说的，在汉字世界里，能够穿越古今的就是一个"福"字。"五福石"承载着百姓祈福盼福的文化基因和崇福尚福的精神寄托，使语言符号变成了情感表达。

是日，天朗气清，惠风和畅。站在观景台上"直下看山河"，游客会感叹，此景只应天上有吧！眼前翠华重叠，浅黛深浓，各发天籁。近处，福道依势蜿蜒，像巨龙盘踞山间。远处，高楼鳞次栉比，欲与天公试比高；公路车水马龙，如流水行云一般。耳畔是欢声笑语、点赞连连。此时此刻，我与游客一样陶醉于其中，在感受榕城变化的同时也在享受有福之州的生态福利，在看山、看水、看城中领略山水城市的魅力。

放步在"水天清、影湛波平"的福源，但见水皆缥碧，千丈见底；游鱼细石，直视无碍。游客可以站在刻有"福源"二字的岩石旁，观花影重

▲福山郊野公园卧牛潭彩色步道。陈暖 摄

重，赏鱼儿跃动，阳光下，游鱼嚼花影，妙趣横生；或枕在福源隧道的壁上，看峰翠欲流，听泉水叮咚；抑或走进桃花源，让眼睛与心情放个假，感受那"芳草鲜美，落英缤纷"的桃花林——花影婀娜，蜂蝶成群，满树芬芳。时下，游客不多，我与家人一边观赏斑斓的色彩，一边脱下口罩肆意地呼吸着空气中的负氧离子，慢享"无案牍之劳形"的惬意时光和体验"复得返自然"的田园生活……

道在林间走，人在画中游。起伏逶迤的福道旁是一树一树的花开，让人应接不暇，间或有飞鸟起落飞翔，耳边是"叽叽啾啾"的鸟鸣和声，一帧"人处鸟不惊，悠然自得闲"的人鸟和谐画面。据报载，福山郊野公园是市区生物多样性最丰富的公园，有130多种鸟类，其中国家二级保护以上的鸟类就有10种。前不久，还有晨练者在这里发现"林中仙子"——白鹇。漫步生态长廊时，我在想：倘若少了这飞鸟，这钟灵毓秀的大地是不是也少了些灵气和谐趣？

才看飞鸟腾空起，"又见飞花点点轻"。眼前各色的花儿露出了笑颜：海棠花"鲜妍欲荡魂"，三角梅"欲燃灿若霞"，紫藤花"清香凝岛屿"，满园的芳菲让人心驰神迷。赏花之时，不由想起博尔赫斯的一句话："花开给自己看，却让许多眼睛找到了风景。"行青绿中，游花海里，让我邂逅"最是一年春好处"的景色。

是走累了，还是愿时光能缓，我不能确定；或许是为了感受一番踏春的舒卷与惬意，我找了张智能座椅，靠在座椅上一边聆听小虫与鸟儿各抒己"声"，一边遥看蓝天上流云相互追逐。就在这时，一阵清风轻柔拂面，吹来风香满袖。侧目望去，一群身着绿马甲的大人、小孩正在植树。志愿者告诉我，去年福山郊野公园被评为全省互联网＋全民义务植树基地，这是家长带领孩子参加"'植'此青绿，添彩榕城"的公益植树活动。哦！只见他们按照郭橐驼的种树方法挥锹铲土、扶苗填坑、浇水灌根……挖坑的，提苗的，拎水的，浇树的，来回穿梭，忙而不乱。"绿我涓滴，会它千顷澄碧"，相信树苗成活后，那片地会以绿荫婆娑、鸟语花香、蜂飞蝶舞的景致迎接八方来客。

放眼此"福山"，"今朝更好看"。

穿越古今的菖蒲

郭永仙

　　近年来，一棵小草进入人们的视界，并被许多人追捧，那就是被称为"有生命的文玩"的菖蒲。

　　小小的菖蒲，青绿可人，摆在书桌上、琴台前或茶台上，顿有雅气升起，让人心生静气。植菖蒲的盆器颇有讲究，植于小紫砂盆、青花盆，或用老石盆土钵，更是古意盎然。菖蒲得来也容易，不用花钱买，可自己上山采撷。福建多山水，只要有山涧的地方，便有石菖蒲生长，一丛丛，或生长在水边沙碛上，或附于岩石，通体清雅。

　　对于长在石头上的菖蒲，我充满了敬意。无须寸土，它可立于水中岩石上，或抱住岸边一块石头，日日清水洗濯，没有哪种草比它更洁身自好。采菖蒲，尽量找自然的抱石菖蒲，养于水盆中，山水都在，虽然只是一块小小的石头，却浓缩了山的精气神。附石菖蒲长在山涧，会长上一层苔藓，石头、菖蒲、苔藓，这样的组合颇符合人的隐逸情怀。石菖蒲之美在于龙根，在于龙根的造型，悬崖式、探月式、飞龙式等，这些经大自然塑造的型，无不叫人震撼。

　　去年去斗湖游玩，往莆田大洋乡走，上山后，沿途山涧随处可见石菖蒲，沿着峭壁流水两旁生长，绿得一尘不染。面对眼前一丛丛石菖蒲，我只是看了看，一棵没拔，仅带回几块长满苔藓的山石。将带苔藓的石头先养在水盆中，遇见合适的菖蒲再布上，两个月后根即抱石，自己喜欢的石头与喜欢的菖蒲在一起，更有惊喜。

　　在我国，花草千千万，而有生日的草可能独菖蒲了。每年农历四月十四

左海星辰

是菖蒲生日。这一天，爱蒲的人可以给菖蒲理"板寸头"，修剪一番。这时节正是植物生长的大好时期，一个月不到，新叶便全长好了，原来粗硬的老桩头变细、变嫩、变柔了。石菖蒲理过"发"后，原本如弯刀一样的大叶、长叶重新长出后，也变得纤细、修长，更有风韵，犹如佳人。

菖蒲长在山涧，水是流动的，充满了清气。世人把菖蒲带回尘世，多以自来水供养，它也能随遇而安。只要石能上水，水盆不干，菖蒲就能存活。菖蒲不必换水，见干添水，数年不换水也不发臭。明代植物学家王象晋在《群芳谱》中总结了养蒲经验："添水不换水：添水使其润泽，换水伤其元气。见天不见日：见天挹雨露，见日恐粗黄。宜剪不宜分：频剪则短细，频分则粗稀。浸根不浸叶：浸根则滋生，浸叶则溃烂。"

春末时进山，水依然有点冰凉，可菖蒲已发百草之先。去年山洪留下的痕迹还在，岸边的树林都是朝前倾倒，树枝上挂着许多乱枝枯木及其他杂物，原本静美的小涧流被山洪撕得破碎。岩石上的菖蒲向水流的方向倒伏，新长出的幼芽像獠牙一样竖着。被冲刷得干干净净的岩石上没有泥土，菖蒲的龙根像鹰爪一样紧紧抓着岩石的缝隙，深入石的裂纹；苍劲的根节也像吸盘，强有力地吸在岩石上。这是生命在岁月浸淫中的证据。菖蒲的幼苗在激流中壮大、成长，清香的根节蕴藏着生命的力量；没有一岁一枯荣，碧绿是生命常态。

古人爱它的清雅、洁身自好、自觉与坚韧。李白、苏轼、陆游等都曾为它赋诗。《神仙传》中载有汉武帝刘彻游嵩山、遇九嶷山仙人点拨、服食菖蒲以期延年益寿长生不老的故事。李白的咏菖蒲诗就与这个传说有关，诗曰："神仙多古貌，双耳下垂肩。嵩岳逢汉武，疑是九疑仙。我来采菖蒲，服食可延年。言终忽不见，灭影入云烟。喻帝竟莫悟，终归茂陵田。"苏轼作菖蒲诗曰："斓斑碎玉养菖蒲，一勺清泉潢石盂。净几明窗书小楷，便同尔雅注虫鱼。"陆游作《菖蒲》："雁山菖蒲昆山石，陈叟持来慰幽寂。寸根蹙密九节瘦，一拳突兀千金直。清泉碧缶相发挥，高僧野人动颜色。盆山苍然日在眼，此物一来俱扫迹。根蟠叶茂看愈好，向来恨不相从早。所嗟我亦饱风霜，养气无功日衰槁。"

每一种菖蒲都有个性，长得也各不相同。虎须菖蒲，顾名思义，形如老虎胡须，柔软之中见刚毅。随种养时间积淀，虎须菖蒲根部会长成鞭状，结成许多根节。福建各地多为石菖蒲，长于山中小溪流，多隐于林中，因有散射光更利于生长。菖蒲适应性非常强。那年尼伯特洪水之后不久，我上高峰村寻菖蒲，刚靠近小溪流，就看到了一丛丛东倒西歪的菖蒲，老的剑叶被滚动的石块砸烂，龙根依然紧紧嵌入岩缝，新的叶芽已长出。从上游被冲下来的菖蒲重新择地而居，有的挂在树上，附青苔而活，有的被抛在悬崖之上，新的细小根须钉入岩缝，绝地逢生……

苏东坡赞颂菖蒲：耐苦寒，安淡泊，伍清泉，侣白石。我想这就是菖蒲精神了。面对一盆苍翠欲滴的菖蒲，静静中，自有古意流淌出来……

平安福州

派出所的景

姜迎新

穿过一座石拱桥，沿着沥青路一直往前走，路两旁是整整齐齐的行道树，偶有骑行之人驻足，举着手机拍摄那树冠间斑斑驳驳的光影。我许是习以为常，也未多留心这景，只是蒙头往前走，瞥到一块显眼的红蓝告示牌便习惯性右转，拐进了一条破旧的水泥小路。或是年久失修，小路尽是道道裂隙，路一侧总是停着几辆小车。秋天一到，风一吹，枯黄的叶片就簌簌地落了下来。

我还未跨进所里的大门，便有人从后面唤我："值班啊？"我一边刷着门禁一边头也不回地应道："是哦。"直到这人走上前来，我才瞧见是阿杰。他是所里的"小猎豹"，名牌大学毕业的高才生。他那一副永远睡不足的犯困表情很难与平时工作风风火火的性格联系在一起。

"昨晚通宵了？"我手里揣着的奶茶顺道丢给他，"年轻也不是这么'造'的。"

"嘿，谢谢哥！有句话说得好，这年轻人犹如早晨六七点钟的太阳，我怕我不早起这太阳都升不起来。"

阿杰作为所里为数不多的年轻人，热血拼搏的劲儿一到抓捕现场就起来了，警告、追击、上铐，动作行云流水、一气呵成，让人很难想到这家伙入警不到三年。直到有次值夜班，我看到他独自一人在健身房对着假人一遍遍地练习切、别、摔、上铐，一遍遍地重复着"法言法语"的警告，我似乎明白了什么，后来很多时候也常常请教于他。

最近所旁边种上了一批罗汉竹，或许还是幼年期，嫩绿的竹竿还未节节

▲ 派出所大门。 陈暖 摄

分明，但也有了傲然挺拔之姿，一人高的竹林郁郁葱葱，与所里的红蓝配色交相辉映，我一时竟分不出是竹子开出了花，还是花丛里长出了竹子。

所里之事繁杂，除去犯罪案件，最多的就是邻里纠纷和群众求助。我出警最头疼的也是这类，倒不是情况复杂，而是纠纷一事往往是公说公有理，婆说婆有理，双方都等着我们给出个解决方案，可真正妥帖、令人受用之语，我似乎总是拿捏不准。这时候，大宇哥总是我最坚实的后盾。许多我听着都头大的吵架事情，他总能东拉一家、西扯一家，来来回回间，双方情绪迅速缓和。这时候，大宇哥总是朝我使个眼色，我就乐呵呵地上去打圆场收尾，在不违背法律和原则的情况下，很快地将事情理顺了结。我常常拉大宇哥吃饭，希望能从他嘴里套出点什么秘籍，但通常得到的都是神秘分分的一句："无他，唯手熟尔。"我急得牙痒痒，同时也是打心里服气。

所里有棵大香樟树，十几米高的树身，龙蟠虬结的树根显得格外扎眼，茂密的树影覆盖了所里大半片空地。听所里老民警说，这棵树比建所时间都长，可是宝贝。只是，夏天的时候，路过树下，庞大的树冠把骄阳挡了个严严实实，常有成群结队的流浪猫儿和狗儿到树下打盹，微风卷起丝丝的樟香味，竟也能让人有些许清凉之意。

近日，公安部开展百日专项行动，所里的警力全都压了上去。群众的急难险盼要重视，大案小情要解决，各种清查整治也是刻不容缓。当忙碌成为常态，我似乎更加想念深夜食堂的那碗咸鱼粉干了。在这个重要时间里，不论是民警、辅警，还是保安、巡防，都片刻不能松懈，甚至食堂阿姨也被调动了起来，全力保障后勤。她曾调侃自己是不上一线的战斗员，这点我是十分认同的。阿姨手艺很好，哪怕是深夜简单的一碗咸鱼粉干，都能令我食指大动。在每次深夜巡查结束后，我都要去食堂吃上一碗。粉干里放的是白菜、香菇、芹菜和咸鱼干，再点缀上一勺蒜头酱、几滴虾油——作料简单，味道却让人上瘾，我瞬间干完一大碗。

夜色如水，蛙鸣四起。我开着警车经过所前面的小河，闪烁的警灯、波光粼粼的河水，直晃得我的眼皮上下打架，没多久，远处的山峰已经露出鱼肚白。

左海星辰

过年与过关

何　涛

　　壬寅虎年，我在福州基层高速警队度过第二个春节。同志们出于对我这个机关下派民警的"照顾"，更多时候让我待在"后方"。也正因为如此，我有时间和精力用笔去记录基层高速警队别样的年味。

　　虽是过年，但微信工作群里的信息较平日来得更加频繁，尽是各类工作指令、一线实时路况，以及同志们忙碌的工作状态——他们或处置警情，或驻点疏堵，或查处违法，或排除隐患，或救助群众，或巡逻执勤……

　　在我眼中，他们是一丝不苟的"复盘者"。

　　清晰记得支队长说过这样的话："高速交管工作需要不断'复盘'，'复盘'就是要检视查摆工作中的不足，让我们的工作预案和决策更加科学高效。这不仅体现了我们直面问题的态度，更体现了我们干好工作的决心。"

　　基于这样的指导思想，他们时常对过去的工作进行"复盘"。在过去的一年里，福州高速公路亡人事故数量较往年有所上升，这让高支全警如坐针毡、寝食难安。发生事故的原因是多方面的，但我看到了他们的勇于担当，更看到了他们的积极行动。他们把"防事故、少死伤"作为工作的出发点和落脚点，像解剖麻雀那样，对每一起事故进行深度分析，力求从源头上找到预防事故的突破口。经过上下合力，"高频车辆管理"的工作理念首次被提出，一场针对重点时段高频次通行车辆的专项行动就此展开，并已在"春运"安保工作中取得初步战果。我相信他们能在今年打一个漂亮的"翻身仗"！

　　在刚刚过去的春运返程高峰保畅工作中，福州北大门高速公路车流通行效率比预想的高了许多。在车流同比大幅提升的情况下，高速公路缓行拥堵时长和临时管控次数两个重要指标却双双下降。这得益于上级的有力指导，以及高速和地方交警部门对以往高速公路长时间拥堵缓行状况进行反复沙盘推演，进一步细化完善"一堵点一预案"。春节假期刚过，高速六大队就紧急召集相关部门共同参与联席工作会议，对节日期间福银高速美菰林隧道假期拥堵成因进行分析，以便改进和细化该堵点的应急分流预案。

在我眼中，他们是安全港湾的"摆渡人"。

虎年春节遇到雨雾天气，无疑加重了春运交通安保的难度。要知道，在恶劣天气情况下，高速公路发生交通事故的概率是平时的五倍之多。

"各单位注意：加强雨雾天气的巡逻力度，带齐声光警示设备，做好个人自身安全防护……"手机中不时传来这样的工作指令。

看！那些身处一线的同志，他们严阵以待、闻警而动、逆向而行。哪里有需要，哪里有危险，他们就出现在哪里。

我忘不了那一辆辆警车，它们闪耀着警灯，或压速巡逻，或疾驰而去，日夜兼程在崇山雨雾之中；我忘不了那一个个"小黄人"，他们身披警用反光雨衣，脚踩高帮雨靴，一直奔忙在高速公路上处置各类警情；我忘不了那一位位事故伤者，时间对他们而言就是生命，通过警医联动开通的"绿色通道"，他们得到了快速救治，并顺利脱离危险；我忘不了那一幕幕感人情景——转危为安的当事人和家属们拉着我们高速交警的手，由衷地表达谢意；我忘不了那一件暖心的警用多功能大衣从正在处置事故的民警身上脱下，盖在一位因事故受伤而失温的老人身上……

我更忘不了，那一双双在保畅护安中熬红了的眼睛，那眼眸中，只有别人的安危冷暖。

在我眼中，他们是有温度的执法者。

高速公路路况好、车速快，稍有疏忽就会发生交通事故，严重时是车毁人亡。因此，高速交警对各类严重交通违法行为往往是采取"零容忍"的态度。但是处罚不是目的，他们追求的是驾驶安全、耐心宣教。说起来容易，做起来非用心、用情不可。

大年二十九，我所在的警队就接到了这样一起不寻常的举报件——妻

▲ 基层民警的工作日常。 陈暖 摄

子实名投诉丈夫在高速公路上驾车时刷手机。该举报事实清楚、证据确凿，只要依法处理、短信通知，就正常处理完毕了。但我熟识的法制民警并没有简单地录入系统一罚了之，她想得更多、更远一些："妻子之举是对我们工作的支持和信任，更想通过我们教育、纠正丈夫的不良驾驶习惯；同时，丈夫心中肯定会有'疙瘩'，如果处理不好，必将影响夫妻关系。大过年的，一定要把这起举报件处理好！"

初次联系，涉事司机的拒不配合完全在料想之中，但法制民警并没有气馁，她专门搜集了因刷手机分心驾驶导致发生亡人事故的案例及视频，通过这些案例和视频再次对当事司机进行了耐心宣教。她的真诚成功化解了当事司机心中的那个"结"，使他真心认错悔改。

临了，我们的法制民警还不忘叮嘱一句："您媳妇也是为了您，为了这个家好！"

在我眼中，他们是万家灯火背后的"守岁人"。

翻看基层大队的夜间勤务安排，夜间的工作并不比白天轻松。在完成白天紧张的疏堵保畅任务、匆匆用过晚饭后，稍事休息，他们紧接着就出现在各个高速公路出入口，开展酒醉驾集中整治行动，有时一晃就是一个通宵。

按照勤务安排，大年初六零时，几位高速民警驾车来到了永泰东高速出入口。

山区的寒，冰冷刺骨。他们把棉衣的领子一紧，咬着牙下了车，接着把守护高速路口的"防线"布好。

节日的夜，黑得深沉。路上罕有车辆通行，但他们不敢有丝毫放松和怠慢，因为春节历来是酒醉驾重点违法行为的高发期，这方面的惨痛教训实在太多，背后都关乎着无数个家庭。

他们来回在卡点上踱着步子，拉拉家常，聊聊年味；一时无语，就看看漆黑的夜空，想想家人，再或是狠狠地往地面跺跺脚，以驱散困倦和寒意。

时间在嘀嗒声中悄然流逝，距离收队的时间越来越近了。突然，远方亮起了一道刺眼的车灯，拦停后，经呼气测试，该司机涉嫌醉酒驾驶。

不枉一夜严寒中的蹲守，他们消除了一起严重的安全隐患。

此情此景，我想起了影片《守岛人》中主人公的一句独白："岛再小，也是国土的一部分，守岛就是卫国。"而对于高速交警来说，春节守路，虽然自己无法与家人团圆，但他们是为了更多家庭更好地团圆。路，对他们来说，不仅仅是一条路，更寄托着他们对高速交管事业的担当。

这就是我眼中高速交警的"年"。确切地说，这是他们在新年中过的第一道"关"。如果要问我近两年基层高速警队锻炼工作的收获是什么，那莫过于——真正读懂了"百姓过年，警察过关"这句话。

闽侯风采

花香的土地

黄文山

到上街，是想看看一处一千多年前的古县治，一座屹立于闽江边饱经沧桑的镇国宝塔和一道历尽风波至今还在通行的十四门桥。它们都曾蛰伏在我的心田深处，不时勾起我探赜寻幽的念头。因此，一踏上上街的土地，心里就抑制不住一阵阵兴奋。

记得 20 世纪中叶，我曾陪同外地的客人几次造访洪塘金山寺。这座建在乌龙江心的古寺，恰如一只落碇的航船。缘梯登上寺庙二层，凭栏四眺，眼前风光无限。寺僧见我望着对岸一大片金黄色的沙洲出神，便告诉我，那里属上街，靠江边有一个侯官村，唐时曾是侯官县治的所在地，也是闽江边一处繁闹的古码头和集市。后来因遭受洪水侵袭，县衙迁至福州城里，码头也渐渐荒废了，但依然留下不少古时遗迹。上街还盛产茉莉花，一到初夏时节，花香四溢，这一段江面终日香气弥漫。只是到上街要搭船过渡，往来交通不便。就这寥寥几句话让我对上街产生了浓厚兴趣。后来读蔡襄的《荔枝谱》，提到福州种植荔枝最多的地方："洪塘水西，尤其盛处，一家之有，至于万株。"这里说的就是上街。这处鲜花和水果之乡不禁让人遐想联翩。

上街古名花屿，光听这名字，就可以想见一片汀洲上繁花盛开的情景。五代时中原板荡，而福建相对安定，闽王王审知采取保境安民的措施，并大力延揽北方士人来闽。唐代诗人韩偓来到福州，面对水乡花田，不禁感慨吟咏"四序有花长见雨"。其时，曾为闽王王审知前锋将领、军功赫赫的林硕德请求王审知为其新落成的府第题匾，王审知问及地理方位，略一思索即为之题写"上溪"二字。林硕德的府第四周清溪环绕，风景优美。他和族人先后兴修了六座石桥，上溪村庄随即兴盛，且形成街市。林硕德也因此被族人奉为"六桥林"的始祖。因福州方言"溪"与"街"谐音，渐渐地，"上溪"就被叫成了"上街"。这就是上街得名的由来。

20世纪乘车经过上街时，看到这里土地平旷，公路两旁种有大片的甘蔗田，村前屋后则环绕着苍翠的荔枝林。南宋诗人喻良能诗云"荔子林边甘蔗洲"，说的就是这里的景象。上街就有一个村庄因为广植甘蔗而叫蔗洲。茉莉花田是最让人赏心悦目的。洁白的小小花瓣，团团簇簇，散发出浓烈的香气。

一片花香和果丰之地自然让人心驰神往。但过去，上街在人们的心目中还只是福州的远郊。

拉近上街与主城区距离的最初是鲤鱼洲国宾馆。国宾馆就选址在上街镇的沙堤村。宾馆紧邻闽江，是一处江南园林式的建筑，水光山色，美不胜收。

2000年，大学城选址上街，开启了这片古老土地全新的征程。十几所高等院校在上街平原上次第排开，每一所学校都是一座风景各异的大花园。占地14.5平方公里的大学城，配套齐全，让上街成为闻名遐迩的主题文化教育城镇。

我们先到了旗山脚下的榕桥村。榕桥村古名惠化里，是一座历史悠久的古村落。榕桥村顾名思义，村前有一棵硕大的榕树，浓荫匝地。一条窄而长

▲闽侯仁洲村花海。吴晟 摄

的溪桥承载着村庄的千年故事。

这座有十四座桥墩的平梁石桥始建于五代闽国，北宋元丰以后曾经有过数次重大维修。桥长近百米，桥面宽1.74米。尤为珍贵的是，连接村头的桥板上还刻着这样一行字："元丰口年（宋神宗年号）十一月庚申造至八年十一月廿三日壬辰毕石匠张保"。

十四门桥近旁就是一所高校。有意思的是，从村口向外张望，这座古朴的石桥似乎一直延伸进具有鲜丽现代建筑风格的校园里，古与新在这里和谐对接。这情景一时令人恍惚。

接着我们来到位于闽江南岸的侯官村。这里曾是一处热闹的水陆码头。而今我就站在闽江畔，看江水汤汤而流。身旁矗立着四角七层、高6.8米的花岗岩镇国宝塔。这座雕饰古朴、造型别致的石塔，见证了一川江水的造化之功。

闽江行至淮安遇旵山，被劈成两支：一为北港，纵贯福州市区；一为南港，折向南流，纳大樟溪后至马尾与北港汇合，东注入海。上街的大片土地就是闽江大转弯时堆积而成的沙洲，同时也是海潮上溯到达的地方。侯官因水而兴，却也因水而毁。建于唐武德六年（623年）的侯官县治，在160多年后的唐贞元五年（789年）被一场铺天盖地而来的洪水淹没，从此，"县治移入州城"。但不管风吹浪打，镇国宝塔始终屹立江畔，成为侯官古邑的标志性建筑。

庭院深深的大本厝位于厚美村。大本厝的建造者张大本，因为种植水果和茉莉花积累了大量财富。他购下一处废弃的果园，精心打造成一座三进三天井的全木结构大宅。让人赞叹的是，历经近二百年风雨洗刷，这座清代建筑依然保持完好，现在已是多部影视作品的取景地。

因为天色已晚，我们匆匆赶回上街新建的一座酒店就餐。江南园林式的设计是这座酒店的一大特色。从酒店餐厅的窗户向外看，整个上街灯火璀璨，霓虹灯闪烁，流光溢彩。昔日的花果之乡已然成为现代化的文化街区。但十四门桥还在，镇国宝塔还在，大本厝还在，校园里的荔枝林还在，还有初夏时节逾街越巷的茉莉花香，它们都在静静地述说着这块古老土地曾经的时光。

旗山脚下茉莉情

陈仁德

又是一年茉莉花开的季节。走进一垄垄茉莉花田，阵阵郁香迎鼻扑来。在福州西郊旗山脚下，出生于 20 世纪 50—70 年代的上街人，想必对茉莉花都有一种难以忘怀的情结。

20 世纪七八十年代，我的童年和少年时光，每年的整个夏天我都是跟茉莉花打交道的。那时候成年人都去生产队集体劳动，赚取可怜的工分。生产队划出若干个地块，种上茉莉花苗，每个地块按每户的劳动力、人口比例分配，各家用锄头在地上挖一条沟为界线，同时都在花枝上绑上自家的布条作为记号。我家共分到七块茉莉花地，七个地块走一遍要大半个钟头，其中还有两处须涉水蹚过。

那个时代，上街的老人、小孩是非常艰苦的。每天成年劳动力都到生产队"磨洋工"去了，作为家庭主要收入来源的茉莉花，则全部交给老人、小孩打理了。每到夏季，母亲最为辛劳，每天总是凌晨 3 点起床，一边煮饭，一边做家务活，等到天刚蒙蒙亮，叫醒全家人，简单吃碗稀饭，5 点多全家人就戴上遮阳斗笠，拿上装花的竹篓（福州话叫乃）前往花地。生产队工时一般是早上 7 点多到 11 点。大人们都趁出工前抓紧采摘一片茉莉花，减轻我们的负担；放工后，再飞也似的赶到自己的花田，接替老人、小孩继续采摘。这时，大部分小孩就可以解放了。

我每天清晨 5 点就随家人出发，穿着背心、短裤、拖鞋，戴着草帽，提着竹篓，去与邻村交界最远的董屿港花田采摘。我的专用竹篓是圆形的，比同龄人大，一次可装三斤茉莉花。我从小就练就了眼疾手快的功夫，采摘的速度很快，两手并用，一遍采过去干净利落，基本不用回头再寻一遍，这样也节约了不少时间，一个上午会采七八斤。

茉莉花是用来制作花茶的，它必须是当天成熟饱满的花和茶叶进行窨制，才能保证花茶的芬芳清香。所以采摘时，未成熟的黄色花蕊不行，第二天开放的花朵也不行，必须是当天含苞欲放的。有的小孩不小心采摘了花蕊和开过的花朵，数量多了，在卖花时会被退回。谁家当天的花如果没有采摘干净，第二天枝头就开满白茫茫的一片，这会引来乡亲的指指点点。茉莉花的花期有"大水""小水"之分，但总是不尽如人意，天气越热，越遇"大水"，花开越多；而花开越多，茶厂收购饱和了就杀价，于是一天采摘几十斤还不如平常"小水"时几斤的价钱。遇到"大水"时，一般要采到中午一两点，又热又饿。记得我曾两次晕倒在花地里，由母亲背回去，歇息半天，第二天又照常下地。

受到别的小伙伴的影响，我有时也加入"寻花子"行列，即午后两三点，别人全部采摘完毕回家，我们开始寻找他们遗漏的当天花朵，少则寻几两，多则两三斤，然后到收购点折价卖出去，收入从几毛钱到一两块钱不

▲茉莉花田里忙碌的采花女。 陈暖 摄

左海星辰

等，给的都是现钱，而且这钱不用上交，这对当时小孩子来讲，是一笔巨大"灰色"收入，再苦再累心里也甜滋滋的。

我家除了生产队分的七小块花田外，母亲还在堤坝旁和屋后各开垦一块地种上茉莉花。那时外婆七十多岁了，长期住在我家，负责煮饭。看到我们辛苦，她老人家煮饭之余，主动承担了这两块花田的采摘任务，给我们减轻了不少压力。1984年夏天外婆去世，第二年小侄儿出生，家里煮饭带孙子及两块花田的任务就落到母亲的身上。等侄儿蹒跚学步时，母亲又多承揽了靠家近的"龙眼头"这块花田。她每天带着睡眼惺忪的小侄儿来到"龙眼头"花田，随带三样必不可少的东西：一张红色塑料小凳子、一罐稀饭、一团草纸。小侄儿在花田中悠然自得，浑然不知几年后他也将历史性地加入这支摘花大军。

除了自己采摘茉莉花外，我家还设了个收购点，有二十来户花农把当天采摘的花送到我们点来，验收、过秤、登记、装袋，然后要马上启程，用自行车驮一个小时到乌龙江渡口，搬上船，开大半个小时到对岸洪塘古渡口——全市的茉莉花集散地在这里，这时已经人山人海了。茶厂老板大腹便便，开着卡车，提着装满现金的皮包，骂骂咧咧，砍价，付钱，装车。卖花人一脸赔笑，递烟，讲好话，收完钱赶紧去坐上回程的轮渡。平常茉莉花"小水"时，我三哥自己骑车驮去卖，"大水"时我就要去帮忙了。一百多斤的花放在车后架，体积很大，一阵风吹过，整个自行车摇摇晃晃，手要使劲地压住车把。出了浦口洲，去渡口的路是一片沙洲整出来的简易土路，下午三四点太阳暴晒，加上沙子散热，浑身跟掉进热水里一样，很是辛苦。回到家中，天上的星星已经在眨眼了，住在隔壁的大伯父已经喝完酒，满脸通红地躺在竹椅上，一边纳凉一边听单田芳的《岳飞传》。

要想茉莉花有好的收成，还是要精心伺候的。平常除了除草、施肥外，最麻烦的就是打花叶了。所谓打花叶，就是将每条花枝上的叶子除开最前端的两片，其余全部用手摘除掉，这样可以让花蕊充分吸收到养分。一般一年打两次花叶，也是全家总动员，有时亲戚、出嫁的姐姐也会来帮忙，大家伙儿利用下午农闲时间，一丛一丛、一枝一枝地打花叶。我最怕打花叶了，拿一把雨伞，绑上竹竿插在花丛中以遮挡太阳。这时地里上升的热气和太阳的紫外线交织在一起，加上花丛中又密不透风，人坐在凳子上不一会儿就会全身湿透。我一般是上午采完花，中午休息时就反复翻看每个月跑到上街邮局购买的《读者文摘》和《大众电影》，休息到两点多，装两大碗中午多煮的剩下的冷饭（福州话叫称饭），就着咸笋、咸带鱼狼吞虎咽，吃完后再去花地劳作。到了日落西山收工回来，外婆总会先从锅里舀出一碗稀饭，加上一小汤勺猪油、盐巴，还有一小撮虾米——至今仍难以忘记那香气扑鼻的人间美味。

20世纪80年代，旅居香港的二哥带回一台彩色电视机，在我们村引起不小的轰动。每当夜幕降临，劳作了一天的乡亲们早早地就在我家院子里摆好椅子。每周一集的《霍元甲》《敌营十八年》，在那个年代给乡亲们带来了许多欢乐。自从有了电视机，我们家每天晚上到点了就把电视机搬出来打开，等主持人说完"再见"再把电视机搬进屋里。到了第二天，花田里劳作的人们都在讨论昨晚电视里的故事，有说有笑也忘却了太阳的炙烤。

全家男女老少齐出动，辛苦了一个夏天，上街人每家都有几千元的收入。在那个争当万元户的年代，这是一笔可观的收入。上街也成了周边县乡人眼中的富裕之乡。但上街人豪爽好客，一年一度的"半旦"节，让辛苦一个夏天赚来的钱打了水漂。上街有个俚语"九月起，伊乃（不用）吃米"。农历九月，每天都有"半旦"节，村村轮过去，搭台唱戏，大宴宾客。每家少则几桌，多则几十桌。糖醋鱼片、醉排骨、荔枝肉、鱼丸、鱼滑、燕丸、大杂烩、红糖粿、炒糕、伊捧雪（八宝饭）是上街人过节火食的标配。谁家客人多谁家就有面子，客人可以带客人来，主人都会笑脸相迎，热情招待。我们村是九月十七日过节的，小时候不知柴米贵的小孩一直盼望着这个节日的到来，因为一到节日便可以邀请几个好同学到家大快朵颐。等九月廿八浦口村过完节，上街人的"半旦"基本告一段落了。曲终人散过后，上街人再企盼来年还能有个好收成。

随着改革开放的滚滚浪潮，把福州建成现代化国际城市的蓝图呼之而出，碧波万顷的一田茉莉被新崛起的福州大学城和高新技术产业区高楼大厦所取代。茉莉花成为福州的市花，那翠绿的枝叶、洁白的花瓣、淡黄的嫩蕊、馥郁的清香，成了一代又一代上街人刻骨铭心的芬芳记忆和魂牵梦萦的茉莉情结，还有那朴素平实、清新淡雅的茉莉气韵。

七碗锅边

林丽钦

大约十岁那年，我一下子吃了七碗锅边。我先吃了三碗，但是虾油味的锅边香气萦绕不去，于是端着碗不肯离开厨房，吃完了又到灶边讨食，不知不觉就吃了七碗。最新鲜的锅边往往是边做边吃，大人在灶上炆好锅边，就把它装到桶里，分给聚到家里的亲戚好友。我的食量震惊了来家里吃锅边的亲戚。后来邻居也都知道我爱吃锅边，每次轮到谁家做锅边，定会提着一大桶到家里来，还特意交代不能让我饿着。

和食量一样出名的是我的瘦。人们常常用担忧的眼神看着我，跟我妈说："怎么瘦得跟竹竿一样。"其实我的瘦是因为平时不爱吃饭。除了不爱吃饭，其他的食物我都很喜欢，而锅边是我吃过的食物中最美味的一种。

幸运的是，一年可以吃到好几次锅边。从农历正月十二一直到二十七，尚干陶江 13 个村 20 房林氏族人，要轮流举行"排暝"活动。轮到"排暝"的村子，家家户户从早晨开始就把灶里的柴火烧旺，架起大鼎煮锅边送给街坊邻居和过往亲友。锅一定要大，民间称为"鼎"，直径足有成人张开双臂那么长。这一整天灶火不会停，从早上九点多开始一直到晚上七八点，要煮五六十锅，甚至七八十锅。

锅边的食材并不高贵，但制作过程却颇费周折。制作锅边前，必须提早将米浆、干贝边、熟鱼（蒸熟晒干后的巴浪鱼鱼干）、虾米、鱿鱼干、小肠、猪肉条、木耳、香菇等食材备好。人们将提早一天浸好的早米提到院子里的大石磨旁，准备磨成细细的米浆。孩子们围坐在大石磨的旁边，看大人把浸

左海星辰

▲ 炆锅边。陈暖 摄

好的早米和清水加入石磨中间的洞里，另一个人会推动木柄转动石磨，不稠不稀的米浆就顺着石磨的凹槽流到备好的桶里。

开始炆锅边的时候，人们把灶台里的柴火烧得红彤彤的，将鼎中用蚬子肉或水鸭母熬制的汤底煮热。汤水不会超过锅的二分之一，留下足够的锅边让米浆挂锅。汤还未开时，先在大铁鼎边上刷点油，将一大碗米浆舀起，绕着锅沿泼上一圈，米浆就"烙"在锅边了，然后盖上锅盖闷一会儿。约莫半分钟后掀开锅盖，再将贴在锅边半熟的米浆铲进正在熬煮的汤中，连续数次，待锅里的米浆变成卷卷的薄薄的锅边就可以出锅了。汤里有蚬子肉、虾米、熟鱼、干贝边、小肠等作料，配以虾油调味，出锅前再撒上芹菜、海蛎等，汤味醇美，整个厨房笼罩在热气腾腾的香味中，浓浓的虾油味在百米开外依然飘散不去。

我记忆中的邻居那时并不富裕，也常常有磕磕碰碰吵吵闹闹的时候，可是一旦到了做锅边的时间，谁家做好了锅边，就马上会想起亲戚朋友和邻居，连孩子的老师也要请到家里来。

我离开尚干的时候，这个风俗也没有颓败的势态。只要在做锅边的时间回到老家，熟悉的亲朋好友都会热情招待。前几年回老家，邻居还记得我小时候一口气能吃七碗锅边的"光辉事迹"。只不过民间的"排暝"仪式如今已经变成每年举办的"义姑文化节"。

义姑原名林五娘，是南宋时期一位以一己之力侍奉祖母、抚养孤侄的伟大女性。据说，她常常用从陶江里捞起来的便宜食材和米浆一起做成锅边养活一家人。因为她的孝义两全与自我牺牲，尚干陶江林氏一族现已繁衍数十万人，遍布海内外。后人感念林五娘恩义，尊称其为义姑。农历正月十二是义姑忌辰，从那天一直到正月二十七，尚干陶江 13 个村 20 房林氏族人，轮流举行祭奠义姑的盛大民间仪典，俗称"排暝"。

轮到"排暝"的家庭白日里炊锅边赠邻里。夜幕降临，则有"请烛"的仪式。烧香祈福的林氏后人带着红烛到祠堂点燃后带回家供上。人们小心翼翼地手捧跳燃的烛火，一盏盏烛火前后相续从长街大道蜿蜒连蜷于穷檐曲巷，如星河倒注。

700 多年来，这些风俗代代延续。乡人精心炊出的锅边既是为了纪念义姑，也是想请来亲朋好友齐聚分享。再昂贵的珍馐也比不上一锅热气腾腾、刚出锅的锅边。这最朴实可感的民俗代表着感恩与分享。

老国道

陈仕坦

省道 211 线，从福州出发，途经甘蔗、白沙、雪峰、罗桥等地，过去是福州通往古田、三明、南平的唯一公路干线，甚至是福州连接闽江上游乃至江西省的重要通道。

在长辈的口中，省道 211 线被称为老国道。他们说，这条老国道建于民国时期，新中国成立后多次重修，但基本还是在老路的基础上进行拓宽、硬化和局部取直等。过去没有大型机械设备，修路主要靠人力镐敲锄耙，肩挑背扛，老一辈很多人直接参与了修路。那时候，他们投工投劳，自带工具、干粮，在崇山峻岭之中，愚公移山一般开辟出一条道路，不知付出了多少心血和汗水。后来，国家发展了，修路用上了大型机械设备，老国道从土路变成水泥路，又从水泥路变成柏油路，旧貌换新颜。

老国道最繁忙的时期应该是 20 世纪八九十年代。改革开放后，八闽大地焕发新的生机，人们像过江之鲫纷纷投入改革开放的大潮。经济得到了发展，老国道上来往的车辆也越来越多。单是老国道闽侯境内的甘蔗到罗桥段，约七十公里的道路沿线就设立了大小十多个驿站。各种口音的司机和旅客在驿站里休息、吃饭、聊天，给车辆加水等，此起彼伏、你来我往，好不热闹。

渐渐地，老国道无法满足交通的需求了。21 世纪以来，随着 316 国道、福银高速、京台高速等相继贯通，老国道一下子冷清了。那些发生在老国道上的故事转眼之间成为前尘往事。老国道像一位辛苦了大半辈子的老父亲，看着自己的儿女长大成人，挑起了家中的重担，他也乐于清闲，安享晚年。

闽侯风采

我的老家在闽侯北部山区廷坪乡，小时候父母带着我进城玩，之后出门踏上求学路，再后来举家搬迁，如今偶尔带着妻女回乡，老国道一次又一次送我远行，又迎我归来。不管是繁华，还是没落，老国道一直都在那里，老国道沿线的风景也一直都在那里，高山陡崖、溪谷沟涧、草木葱茏、鸟语花香……

最近，看到闽侯县建设雪峰山城的新闻，我难掩喜悦之情。闽侯这些年突飞猛进，城镇化硕果累累，现已吹响了乡村振兴的号角。雪峰山城规划建设区域位于闽侯县北部，老国道正好穿境而过。我想，随着雪峰山城的开发建设，老国道一定能重整旗鼓，重现往日的荣光！

江畔的绿意生活

刘仙芹

每次驱车经过江滨路，目光落在十字路口那行醒目的红色字体——"来了就是闽侯人"上，我总忍不住会心一笑。自从搬入闽侯新城区，我们也成了半个闽侯人。

我和先生在福州城区工作，每日从闽侯驱车半小时上班。朋友常羡慕我说，远离繁华的都市，觅得一处环境优美的居所，交通便利，乃人生之幸事。的确如此。当年选择在闽侯居住，正是看上江滨得天独厚的环境优势。

小区毗邻闽侯江滨生态园。江滨生态园总长约10公里，东起三环路荆溪光明出口，西至闽侯甘竹大桥。整座公园将人工栈道、湖和自然湿地相结合，绿草如茵，花木繁多。公园的总体布局为小道蜿蜒纵横，由景观绿道串起数个景点，足以让人们携家带口玩上一整天。

一年四季，江滨生态园展现不同的美。我常常漫步在江边的小道上，沿途有桃花林和樱花园，春天，桃花朵朵娇艳动人，樱花簇簇绚丽无比，吸引着众多游客前来"打卡"。每逢周末或节假日，草地上便搭起一个个帐篷，人们携家带口户外野餐，放放风筝，追逐嬉戏。

园内湖泊有一条水渠与闽江相连，湖泊随着潮水起落，运来了许多鱼虾，于是湖泊自然就成了钓鱼湖。每当清晨或夜幕降临，湖边、江边，聚集着众多钓鱼爱好者。先生的朋友也喜欢钓鱼，他说，平日里休息时间，最常去钓鱼，一边吹着江风，一边望着江面，整个人彻底安静下来，太舒服了！每每听他讲述钓鱼的趣闻，我总忍俊不禁——这何止是钓鱼，分明是一种休闲方式、一份生活情趣！

江滨设有健康步道，蓝色的步道中间涂着黄色和粉色的线条，远远看去就像一道美丽的彩虹。一次晨跑结束，我漫步在绿树成荫的小道上。昨夜刚下过一场雨，空气里混杂着泥土和草木的清香，江风徐来，好不畅快！忽然，不远处的草地上赫然出现几个白点，定睛一看，是白鹭！它们正悠闲地觅食。心头掠过一片惊喜，我停住脚步，悄悄举起手机，调整镜头，拍下了这动人的画面。望着这些可爱的小精灵，我不由想起郭沫若先生的散文《白鹭》所言：白鹭是一首诗，一首精巧的散文诗。今天看来，他说得极为传神。正陶醉其中，忽然一只白鹭飞了起来，好像约定了一般，身边的几只白鹭也相继飞舞，它们张开翅膀，穿越草丛，横掠江面，飞向蓝天，仿佛在寻觅什么，又仿佛在歌唱，美轮美奂。

　　接连几天，我都能在晨光中遇见白鹭。许是知道这里的人不会惊扰它们的生活，渐渐地，它们的活动范围扩大了，有时竟走到小道旁，离路人不过数米远。望着这些白鹭怡然自得的模样，我不禁感慨：这不就是人与动物最和谐的境界吗？

　　闽侯不仅是宜居新城，还致力于打造文化城区。随着喜街、闽侯县博物馆等场所的建成，闽侯的文化气息日益浓郁。离家仅两公里的闽都民俗园也是我常去的地方。整个园区规模宏大，占地180亩。园内建筑基本以明清时代民居建筑为蓝本，并按照农家民居特点作相应的生产生活布置，摆上农具等物品，力图展现最原汁原味的古代风格。园内设有生产民俗园、生活民俗园、文化教育园3个园区，展示福州地区的古代民俗风情。到园内一游，不仅饱览迷人的风景，还可以通过坐花轿、拜堂、缚手关等活动感受底蕴深厚的福州地方风土人情。

　　就在前不久，我欣喜地发现，即将建成的闽侯二桥亮灯了，与江滨灯光秀遥相呼应。相信在不久的将来，这座连接闽江南北两岸的跨江大桥将是闽侯又一道亮丽的风景线。

　　入夜，我再次漫步江滨，置身这片美丽的土地，耳畔想起阔别多年来闽侯游玩的朋友的惊叹："闽侯的变化实在太大了，尤其在生态环境方面，出门见绿，推窗见绿，不愧是宜居新城！"幸福就这样浓浓地涌上心头……

一个"甜蜜"的地方

陈星宇

甘蔗，一个曾经弥漫着茉莉花香和橄榄回甘、把茉莉花茶和生态橄榄打出了品牌的小镇，如今越来越"甜蜜"了。

听爸爸说，以前的甘蔗城区狭小，只有一条主街道，一条长长的堤坝把小城镇包围其中，虽免受了洪水的侵蚀，但也阻隔了江滨的浪漫与风情。时时听闻外地人吐槽："这哪像个县城啊，比周边县城差多了。"但我们依然热爱着这个小城镇。

"忽如一夜春风来，千树万树梨花开。"谁也说不清是什么时候，甘蔗的土地上开始高楼林立、商铺鳞次栉比，城里有了湿地公园、民俗园、生态公园等休闲场所，周边还有龙台山、三叠井、孔元新村等度假好去处，一座现代与古典兼具的山水江城正悄悄崛起。

"城里"一词，曾经承载了多少农村人美好的希冀与向往。甘蔗就是这么一个"城里"，"山里人"纷纷买房到"城里"。曾几何时，甘蔗市民也开始悄悄地往"城外"跑了。所谓"城外"原是把旧堤坝外移，给甘蔗人民腾出的一块黄金地段，如今已楼盘林立。曾经冷清的江滨顿时身价百倍，成为最热闹的地方。沿江是绿化步行道，沿途点缀着湿地公园和生态公园。江滨南岸已然成为一座新城，民俗园吸引着周边县市的游客前来观光旅游，民俗园一侧的步行街变成繁华的街市。新建的各大楼盘一座比一座养眼，县文化科技大楼、影院、市民服务中心矗立江侧，围出偌大的市民广场。每到夜晚，伴着江畔徐徐凉风，中老年人在广场上翩然起舞，小伙子练着轮滑，儿童们欢快地奔跑……

落日余晖，灿烂的霞光倾泻江面，颇有"日沉红有影，风定绿无波"的光景。此时，若站在闽江大桥上望向这一岸，可见一江迤逦，绿水东流，江岸林立的高楼如披金色纱衣。那光影迷离的水，那错落有致的楼，还有江湾那一道金色的沙滩，此情此景，引无数摄影爱好者追逐。慢慢地，夕阳下沉，斜倚青山，一转眼又醉卧江面，露出半张红彤彤的脸，醉了江滨，醉了这山水江城。游泳爱好者早已按捺不住，趁着夕阳下的柔光，欢快戏水，自由畅游……

　　最喜夏夜的江滨大道，毗邻闽江，江畔高楼的霓虹灯影影绰绰倒映在江面上。江风徐来，江滨大道树影婆娑，盛夏的暑气顿消，这是最吸引市民之处。于是，每到夏夜，城内的人们倾巢而动，纷纷呼朋唤友，漫步江滨。

　　暑假时，我也时常和三五好友漫步在江滨道上。一路听着广场上传来的动人旋律，便觉脚底也轻盈了许多，就这么一路走着，一路吹着凉风，看看风景，拉拉家常，惬意无比。偶尔也一个人漫步，戴着耳机听着音乐，边走边想起爸爸说，这里曾经是瀛洲青纱帐，一片广袤的甘蔗林蔓延不尽；如今已不见甘蔗林，只留存一棵棵枝繁叶茂的橄榄树，尚可诉说着老一辈甘蔗人的甜蜜往事。最美莫过于在江风中摇曳生姿的一大片花海，高高低低，影影绰绰，分外妖娆，犹如给家乡的裙摆镶上一道艳丽的花边。

　　十里江滨在，瀛洲仍故园。从"城里"到"城外"，家乡容颜已改，时尚、气派而又典雅。每当漫步江滨，忍不住感慨：看我江滨美如画，四时风光不与同；昨日恍如旧梦境，而今旧貌换新颜。

一片神奇的土地

刘凤翔

闽侯是一个神奇的地方
是百万颗蓬勃向上的心灵
他秉承龙的睿智坚毅果敢
他怀揣无数热望的种子
在春雷的感召下，在春风的抚摩下
种子生根，发芽，吐出鲜妍的绿

呵，他吸吮着春天的甘露
从一个蹒跚学步的婴孩长成帅气的壮小伙
从摸着石头过河的忐忑到大刀阔斧的笃定
他褪去稚嫩的绒毛，羽翼日渐丰满
无数热望的种子长成一棵棵参天大树

呵，他飞快的脚步如战马奔腾
温软肥沃的土壤里印下他坚实的足迹
他走过泥泞的小路
如今在一条条柏油大道上奔驰
他住过低矮潮暗的屋子
如今在一幢幢高耸的大楼里仰望蓝天
他从小小渡船中上岸

用两座宏伟的大桥谱写文明的赞歌

呵，他用勤劳的双手用辛勤的汗水
用热烈的青春用执着的信仰
勾勒出一幅幅壮丽的画图

如今的他
是一只翱翔天际的雄鹰
是插在祖国母亲发髻上一枚闪亮的玉簪
他今日的光芒让闽江也为之陶醉
他豪情万丈，他斗志昂扬
听呵，战鼓声声
风度翩翩的他，英姿飒爽的他
奔向更远的远方

▼水清沙白绿两岸。吴晟 摄

乡村振兴

美人之乡

简　梅

　　秋天的一个周末，月亮升起了，海面上荡漾着蓝色且透明的静谧。梅花镇渔港这边却热闹非凡，刚刚解封不久的海禁使渔人浑身是劲，他们驶载着丰收的鱼虾海鲜正靠港搬卸。那一箱箱、一匾匾的鱼货，由男人们抬着、扛着。岸上则由能干的女当家张罗安顿，并不时面对摩肩的商贩、围观的顾客，热情招呼上秤买卖。她们身形秀美，云鬓半偏，有的身着绣花裙，有的挽着蓝袖套，手脚并用……一个个神采飞扬，尽见活力。此时，省城来的几位文友心满意足地品尝过海鲜，散步经过，看得频频点头，称赞不已。

　　"好能干的梅花女子，"一个电视台的友人说，"早几年在这里拍片，就听说这里的女人不但能干而且聪慧。"话音刚落，另一文友马上纠正："何止聪慧？你看，而且美丽呢！没听说过吗，梅花自古出美女呀。"我在身边，听得有些不好意思。这时，大学的一位老师不慌不忙地回答："你们读过著名的翻译家、古文大师林纾先生创作于民国初年，以梅花镇为背景的小说《桂珉》吗？他对文中的女主人可是不吝赞美，大意说，这里有女名桂珉，绝美，平日不事梳妆，恒以鱼白之绢裹头，双鬓如漆，玉貌樱唇，天然入画……"这篇小说我读过，印象深刻，记得林纾先生更在文末赞誉心中的梅花女子："梅花村，余曾一过其地，颇见秀丽之女子，然多守礼防，不如近日文明之蔑礼。"这时，马上有人补充道："著名作家郁达夫1936年春旅居福州，在《闽游滴沥》中也谈道'听说长乐县梅花村，是产美人之乡'。"

　　话音落地，大家好像醒过来似的，立即都把目光投向我，说我是当地

▲ 织网的渔家女雕像。简梅 摄

人，应好好讲讲"美人之乡"的来历。我推辞半天未果，便引他们步入一家茶室，待坐下，又在师友们的怂恿下，强索记忆，把所知的零零碎碎，东鳞西爪地介绍起来。

古时梅花就是著名的渔乡，整个村极少耕地，大部分人祖祖辈辈从事海洋捕捞，长年累月驻泊海上。明末清初开发马祖渔场，每年农历八九月，男人们就离开家人驻扎马祖列岛从事渔业生产，到次年农历五月端午节前夕才返回家乡。因此，大部分梅花女子在长达八个月的鱼汛季节，几乎没有与男人们一起在海边经风沥雨。由于当地与省城渔货交易密集，女子们也常携带新鲜炊鳗鱼等坐船到城中买卖，对城里女人的穿着打扮耳濡目染，于是也比较注重仪表。这样，一个学一个，梅花女就显得俊美清秀，气韵脱俗。听老辈们叙聊，在 20 世纪 40 年代，有个台湾青年渔民在梅花打零工，追慕当地的姑娘而不可得，后来竟勾结国民党一个头目，威胁逼迫其父母，无奈中，女子只得坐上船，漂洋过海嫁到了隔岸的台北……

"哦，那这里在婚嫁方面有什么习俗吗？"有文友问。

我答道：梅花女人最独特且与众不同的是，数百年甚至更长的时间，一直沿袭着"好女毛（不）出乡"的婚姻习俗。也就是小家碧玉的渔家女孩或家道富裕大家望族的"名门闺秀"，都不会出嫁到梅花城外的农村僻乡。这是什么缘由呢？原来渔家人虽重爱男儿，却也爱惜女儿，视如掌上明珠，希望为自己的爱女寻找一位如意郎君托付终身。于是，他们多将目光寄托在本乡男子身上，这样不仅能看着女儿享尽天伦之乐，又不至于女儿舍弃父母远离家乡而愁苦。过去，梅花城姓氏繁杂，清代已达四十六姓，延续至今已一百多姓。原因是明洪武年间，梅花海防筑城设御千户所，官兵驻扎一千多名，都是从全国各地招募而来。因千户所官兵是世袭制，家属及后裔都留在驻地梅花世代生息。当时，官兵一个个威武雄壮，身手不凡，加之渔家子弟海门拓疆，勤劳勇敢，深得梅花姑娘的钦慕……就这样，数百年来，梅花女子生在梅花，长在梅花，迟暮于梅花。男人出海劳作，女人慧心守家，优美而淡泊，传统而闲适，但也能成为丈夫的好帮手。例如，能根据"月落山、水涨山"等自然气候判断船行何处，而后备好食粮等男人归家……

听到这里，大家的目光又转向了码头上忙碌的渔女，似乎在沉思着什么。我继

▲梅花古镇。简梅摄

续介绍。梅花女子尤其擅长手工，特别是织网、补网，轻重适宜，下手又快又准。那时女人们常常三五成群，聚集在一户厅堂，或坐或立，各取一角，一边补织网，一边用特有的梅花腔唱诗、盘曲，如今萦绕耳边的还有："一字这字像扁担，张飞刘备请先生，三请茅庐诸葛亮，气倒周瑜目瞡青……"雅致的唱和令四周充溢着谐和静宁的欢愉。记得小时我曾跟着母亲学织网，稚嫩的腰板坐在竹凳上，起先小心翼翼地穿目、回转，而后靠大拇指和食指之间的默契再穿上结目。过不久，熟能生巧，竟也能如大人般织出一行行细密齐整的网结，心里别提有多激动呢。

其实，梅花女子还会编篮编筐。她们心思缜密，只见破篾时，手巧利落，精细均匀；打底扭花、编织、锁口各个环节，熟稔于心，常见篾随手转，忽上忽下，忽左忽右，令人眼花缭乱。她们编成的渔具成为鱼汛收获时最好的装点。

手工绣红裙正是梅花女子独具特色的非物质文化遗产。数百年来，女儿出嫁时，母亲都会送一条绣有花鸟图案、红色喜庆的红裙。红裙绣针细腻，图案栩栩如生，蕴含着对女儿一生幸福的美好祝愿。这项技艺流传着一段动人的故事。说的是明万历年间，琉球耳目大夫蔡金城有一女名红亨，天资聪慧，擅有一手刺绣绝活，曾织造巧夺天工的龙袍进贡，深受皇帝喜爱。有一回，朝贡途中舟过梅花澳，恰遇风登岸，寓居梅花宋家庄，得蔡氏族人盛情款待，经查族谱，发现与其同源同宗，按红亨辈分，乡人亲切称之"蔡姑婆"。恰福州"柔远驿"传下暂缓进京通知，她即停留梅花，与渔家姐妹结下深厚情谊，从不拒慕名者上门求教，而将自己一手女红"神绣"绝技倾囊传授，教她们绣嫁衣、绣被帐、绣手帕……梅花花布由此远播。但不久，蔡红亨却因病逝于梅花，全城闻悲，将她择葬于东隅山阳。万历皇帝得知后，下旨册封她为"精巧妙明懿德夫人"，并敕赐立庙供奉。乡人感其德，数百年来祭祀香火，刺绣世代相传，田螺礁也从此改称"姑婆洞"。相传渔民每临狂风恶浪，只要祈喊"琉球国蔡氏姑婆"，蔡夫人便会显灵拯救。福州民间更将其奉为"降风神"，在妈祖、临水夫人的宫庙里都有附祀。

数百年来，梅花女子悉心神绣技艺，家家女儿珍藏的红裙两面镌绣着灵动优雅的花蕊鸟羽，绢布上燕影啾啾、凤凰凌翔、枝叶婉丽，那红、黄、紫、蓝、橙、绿等丝线，缠绕交织着清新高贵，无不浸润着对美无尽的向往和祈福。如今，梅花女人早已走出家门，积极投身新时代各项事业，以巾帼不让须眉的豪情和努力起到了"半边天"的重要作用。时光如绣图，针针映神迹，梅花之境的女人，秉承天赋海韵，开拓奋进，为祖居的家园，用心编织、勾勒着希望。

　　海滨之夜，一个话题打开了我脑中时光的记忆，也引发了友人们对梅花女子诸多的称道。这时，不远处传来的涛声哗哗鸣曲，似乎也在为美人之乡的女子们发出一声声赞叹……

三福笔记

陈立琛

晚唐五代的时候，它叫"福清"，也叫"玉融城"。旧时的福清县城是"福州十邑"之一，隶属于福建省福州府，因为行政区划上带有三个"福"字，又被赞为"三福之地"。

印象最深的，是小城西南的玉融山，山下就是贯穿小城的母亲河——一条被称为"龙江"的河流。小城的人们似乎十分喜爱带来福瑞安定的动物，于是城北的山河被叫作"凤凰山""虎溪"，这样，能够带来福分的"龙凤虎"环绕在老城周围。在这"福瑞"的山水间，福清开启了"城邑"的模式。此后很长的历史时期里，福清县城就在这山水间生长。县城就像山水间的城堡，堡外波涛汹涌，片帆点点，走过崛起的唐宋，迈过烽火的明清，在革命年代，见证先烈们在这里浴血奋战；又在新时代见证着江的彼岸与小城交接，长久困顿在边远镇区的人们感受到了小城的生命。于是有一天，我走到江岸的小城里，穿行在繁杂的街巷和残破的砖瓦之下，看着旧时的城关；来到"向高街"的飞檐、"黄阁重纶"的破旧石坊下，似乎看到灯火辉煌的瑞云石塔，只因为这里有过明首辅叶向高的芳华而踟蹰徘徊。似乎半城旧迹都是叶氏的传奇。

豆区园是最具公子气派的，哪怕只是一个落魄公子。园前的小巷落官驿巷是旧时最靠近行政中心的繁华巷道，这个繁华的商业区已和园子一同没落了。豆区园是个狭小的宅子和苏式园林，和石坊、石塔一样，是旧城区仅剩的"老福清"了。熙熙攘攘的人群在这弓形的马鞍墙下试图追寻叶氏的踪迹。在高低错落的假山上，在残破灰暗的飞檐下，在流线起伏的墙脚下，在碧水映楼的池塘里，叶氏的痕迹若隐若现，脑中想象着他的神貌：他年轻的面孔透露着袭人的英气，搅乱假山下低垂的花草。在晚秋的晨曦中，官驿巷口传出沉重的开门声，他走在曲折的桥面上，每一个步伐都显得沉稳和坚韧，他走向晚明的舞台中央，成为当时权倾朝野的人物。

然而我并没有沉湎在叶氏的传奇里，而将目光落在斜阳晚照、朝阳初露、灯火不夜的柔美画卷中。我每每看到黄昏、破晓长长短短地落在高高低低的马鞍墙头和燕尾檐角，窄窄的村头道，奔腾着、小憩着的八骏石雕，枝条如须的古榕，还有回环曲折的河溪，甚至一再治理一再淤黑的龙江，我随着风逛遍小城，遥想：百年之前，小城的楼阁里低眉颦蹙的女子，或是忧心家国的士子，深情地凝望着小城的河山？

我常在脑海里拼凑着旧时小城的模样，就像是在拼图板上一片一片地拼接。石竹湖，东张水库的雅称，像一个玉带环绕着石竹山。20世纪60年代，流淌的石竹湖拯救了福清半城人民，也吞没了石竹山峡谷和东张镇前的十五个乡镇和三个农场。终于，石竹湖成为水利景点，石竹山下的小山包也被流水淌成鲤鱼岛，只是汪洋于湖底的乡镇、村落、农场在福清的历史上画上了句点。

在很长的历史时间里，福清人民处于贫困的境况，只能就地取材地堆砌防风的石厝。流线型月牙般弯弯曲曲，勾连天地的墙面，长窄的村路连着村口的小庙，这种场景总是让我想起鹅黄色的童年，一种现代社会难以在城区看到的民谣般的静谧的美妙。而我有幸在这段记忆里寻回儿时的纯真。当我在发黄的照片上看着过去，一步步地沿着石头古厝来到龙江桥面，又沿着惠风和畅的山路一路寻到东关寨时，我对福清的眷恋越发深沉。

落日的红光洒落在西涧寺的红砖上，寺前的龙江折射出粼粼的光芒，柔和而又平静。有白鹭飞翔在龙江的水面上，传来声声天籁。我们站在天宝陂旁的望江亭上，清晰地看到老福清县城的轮廓和新福清西城区的灯火交融在一起。天宝陂见证了福清的唐宋元明清，今天，它还要继续它的使命。

正是怀乡之情催我走遍福清山水，我仔细地忖度这座晚唐兴起的海丝古邑，惊叹于这座新兴滨海小城的现代化。不管是姓"福"的过去还是幸福的今天，我希望这座小城能够带着"福"和它世世代代的人民一起幸福下去。

上月坪

邵永裕

这是家乡一个熟悉又神秘的山坳。

山坳高高在上。小时候，住在老房子里，面对山坳，一直用仰视的目光看着它。

我的老房子坐北朝南，坐落在村庄的盆底。山坳位于南面的山腰，山顶俗称"白翁岩"，上月坪就坐落在岩的下面——山坳里面。

"上月坪"只是我从小听到的谐音，从我识字开始，就没有看到过这个山坳的文字名称。我很想确切地写出它，便借助谷歌地图搜寻到了同安镇丹洋村。

家乡在卫星的"千里眼"下，一览无余。181县道由西折北，通往家家户户的水泥路清晰可见，良田沃野一眼便可认出，蛰伏于山脚下的一座座民居，亲切又熟悉；就连小时候感觉特别好玩的岭尾厝后山"留林"也一目了然。把地图拉到"上月坪"的位置，一个形似上弦月的山坳映入眼帘，山坳不是很大，陡峭的山体下有一个平台般的空间，构成了山坳的主体，然后依着山势缓缓向前延伸，又成了阶梯的形状。恍惚间，我似乎通窍一般，纠缠于内心的山坳名称有了答案：尽管地图没有标注，但把山坳写成"上月坪"再恰当不过了。

上月坪和我家老房子直线距离约千米，中间隔着一片田畴。田畴被穿村而过的小溪分成两半，一半依北，一半偎南。我家位于田之北，要去上月坪，看似不远的距离，却要穿田过溪，爬坡越岭，方可抵达。大人一般不允许小孩单独去，因为山路靠近村界有叫"樟坑隔"的地方，那里偏僻荒凉，

161

草木茂密，让人生惧。

我还没上小学时，第一次跟着姐姐去上月坪。去之前，姐姐指着对面半山烟雾缭绕的地方说："那里出了全村第一个大学生，前几天，他与老婆从很远的地方回来探亲，他老婆是上海人，也是个大学生。"同时，姐姐还向我说了好多他好学进取、走出大山的逸闻趣事。我听得懵懵懂懂，总觉得对面的山坳很神秘，那户人家的大学生很有本事。

这位大学生其实是我的堂哥，名叫邵永祥，别名冬妹。一个大男人，为何叫冬妹，我至今仍不清楚。从懂事开始，我就在听他的事迹：18岁在县一中读书时就入了党，考入西安交通大学，大学毕业后在保密单位工作，后来当了大官。村里人都以他为荣，以他为榜样，鞭策子女做个有出息的人。

对读书不听话的兄弟，母亲时常会以程序化的动作指着对面的山坳："你看看冬妹……"期望他们读好书，有作为。邻居婆婶遇上儿女读书恼人的事，也千篇一律以冬妹励志故事说道。因此，还没见到冬妹长啥样，就知道他皮鞋亮得可以照人，上海妹子心甘情愿跟他到山旮旯来，等等。

跟在姐后面，一路上想象着冬妹，回味着大人的话。走到樟坑隔，往左沿着山仑走去，山坳开始显现，眼前的视野开始变宽、变深。山坳的形状像一把太师椅，左右山丘相拥，前方有一块开阔地，田园交错。向坳里望去，一座木墙黛瓦、古朴典雅的房子矗立在中间，周围草木葱茏，就如王安石所言"茅屋数间窗窈窕。尘不到。时时自有春风扫"，景致十分怡人。顺着山边小路往房子走去，屋舍周围果树密布，李、柿、枣、桃、葡萄应接不暇。那是个"山寺桃花始盛开"的季节，路经之处桃花绚烂，分外妖娆。环境幽静恬淡，就像一幅绝美的山居图，屋顶上升起的袅袅炊烟让整幅画面灵动且充满生气。这个诗意的印象牢牢地刻在记忆里，让我至今仍怀念上月坪的美好。

冬妹与老婆住在官房，伯母热情地把我和姐往里引。穿过一条廊道，迈过一扇门，折向厅堂方向，便来到他们的住房。姐与冬妹年纪相仿，彼此热情地寒暄着，并天南地北地海侃。我怀着好奇又敬畏的心理，从姐的臂弯缝隙观察"大学生"的模样，从上往下，从衣服到面相，认真反复扫描着：冬妹服饰整齐笔挺，人长得白净又精神，与同龄的村里人相比，气质好得简直不像同一世界的人；冬妹的老婆身材高挑，皮肤白皙，五官清秀，是当时我见过的最好看的女人。去拜访的那天，他们夫妇俩不穿皮鞋穿布鞋，皮鞋搁在桌子底下的柜子里，窥着那锃亮的皮鞋，我证实了"鞋面可以做镜子"的传闻。

冬妹的情商与智商同具魅力。冬妹每次回家，都会在弟弟的引领下，挨家挨户拜访全村老小。一次堂叔在电视上看到冬妹，就说："他在厦门开会，应该快回来了。"过了两天，他果然回来了，出现在家家户户的小院、厅堂、厨房里。

上月坪因为深居雾处，多了一分神秘，也因为出了个冬妹，让人们对山坳的地理上的仰视变成心理上的景仰。这种感觉，在我心里根深蒂固。上月坪的房屋，冬妹的事迹，就像缥缈航路上的一盏灯，指引着我朝着目标坚定前行。

老房子，新房子

朱慧彬

　　家兄用微信发来一组老房子的视频和以前的老照片。在老照片里，父亲坐在洒满阳光的新房子里，一手扶在木板钉成的饭桌上，一手夹着一根纸烟。身旁，一群扑闪着翅膀嬉戏的鸡崽，挺过了一个冬季的寒冷与禁锢，在禾场里撒欢；一堆春节残留的鞭炮碎片，还不肯退出年轮更换的那场庆典与欢喜，红的绿的在风里飘动、翻滚；门前几棵新植的杨柳在东风里低着眉、弯着腰，小心翼翼地隆起嫩嫩的芽苞，一副待嫁春风的模样；屋檐上新挂的腊肉被日子捂温，冒出一滴油悬在空中……父亲看着想着，嘿嘿地笑了。

　　那是 1988 年的早春，新建的住房还没有安装窗户，阳光从屋顶的亮瓦与四周的窗空格子射入，像老友一般抚摸着父亲浓密的胡须、蜡黄的面庞，消瘦的手指与单薄的裤管。母亲从老屋里端来一碗饭菜，父亲接过，嘴角溢满着笑容。

　　"终于有一幢五间大的新房子了，敞亮舒爽呢，坐在屋里翻看日历再也不用掌灯了。"父亲对自己说。

　　新厨房的土灶台是父亲请小舅打的，可他没能见到新厨房里冒出的第一缕炊烟。母亲每天照例天未亮便起床，开门迎日，放鸡喂食，生火做饭，接着便喊儿女们起床，吃早餐，上学。孩子们上学后，她便扛起锄头下地。母亲在田间劳作往往会忘记时间，时常是被牛拉着回家的。

　　房子的一砖一瓦是父母亲挣回来的，为了建房，他们奋斗了三十年。父亲没有住过新房子，一天也没住过。他是在对新生活的憧憬与满足中离去

左海星辰

的，母亲则是在对新生活的不舍与叹息中离去的。

三十年的奔劳，那幢房子便是见证，也是离世的父母亲留给儿女的骄傲。可三十年后，新房子变成了老房子，老房子几乎变成了废墟。看着视频里的场景，家兄转述邻居们的意见：现在政府搞新农村建设，村里人都搬到镇上去了，就不必在老屋上花钱了。末了，家兄满是疑惑地问我："小弟，这房子咱还修吗？"

"修，一定得修！不修，咱对不起爸妈！"说完这话，我就给家兄寄了一万元钱。决定修房子的几天夜里，老是梦见父母亲。母亲说："孩子，这房子你么么（旧时农村对父亲的一种称呼）当初建得牢固着呢，倒不了，再说又没人住，就少花点钱吧。"父亲则说："你们赶上好时代了，村里年轻人都进了城，老大也在镇上买了房，你又去了大城市，都不要这房了，还花这冤枉钱干啥。"

我了解父母，一辈子的辛苦，只为儿女不再像他们一样辛苦！还是大舅说的一番话耐人寻味："老屋要是倒了，你们父母亲，还有祖宗们的灵魂住哪里？他们走得再远，还不是牵挂着你们。"

春节前，家兄说，房子一期维修工程顺利完工，问我何时回家看看。接着，我接到二姐的电话，她说从省城回去看了老房子，屋里屋外焕然一新，院子建了围墙，厅里倒了地平，前后整了水沟，砌了廊檐，要是庭院里能生火做饭就更好了……末了，二姐叮嘱我说，大堂嫂生病了，病得很重，记得打个电话回去。

晚上，我拨通了大堂哥的电话，接电话的却是大堂嫂。可怜她已卧床数月，声音沙哑，羸弱不堪。我与大堂嫂有一句没一句地聊着：关于村子，关于农田，关于逝去的亲人，关于她的儿子、孙子……聊得最多的是老屋！

大堂嫂是一个非常勤劳的人。我每次回乡，大堂嫂都会留我们用餐。她亲自用土灶为我们一家煮一桌家乡菜，让大堂哥陪我们喝点小酒。她自己则为我们端茶倒水，忙前忙后。直到去年回家，病中的她再也没有力气抬起那双布满老茧的手。

我忽然想起我的母亲，想起一辈子与泥土为亲、在泥里水里活了一辈子、最终变成泥土的母亲，想起大堂嫂为母亲做的最后一顿晚饭，想到她们终将在天国相遇。所不同的是，母亲临别时，家里依旧一贫如洗，她的孩子们依旧在为生计挣扎。而大堂嫂或许是幸福的，她的孩子们有的在镇上买了房，有的在县城、省城安了家。

曾经，大堂嫂与我的母亲一样：春来，赶牛下水，翻泥播种；夏来，除草施肥，灌溉清渠；秋来，收割打谷，扬灰归仓；入冬，翻地耙田，种麦种菜……到了腊月，又忙着给姑娘儿子准备嫁娶，忙着准备年货，忙着迎接新的岁序。

"今朝忙到夜，过腊又逢春。"在生命的旅程中，每个人都在方与圆的空间里行走、奔跑，都曾唱着"数九"的民谣长大——"一九二九不出手，三九四九冰上走，五九六九沿河看柳，七九河开，八九燕来，九九加一九，耕牛遍地走"……一遍复一遍。生命不息，希望不止。

古村情怀

林一鸣

一个晴朗的早上，我慕名来到梁厝村，站在新修的公路边放眼望去，一幅清新秀丽的农村水彩画在眼前铺展开来。

沿着石阶走下去，只见一条小河绕村而行，河水清澈碧绿，岸边的河床上奇石偃卧，千姿百态。我轻步走在小河的石板桥上，生怕打破了这里的宁静。河边两岸，蒲苇等水生植物簇拥排列，摇曳多姿；美人蕉如笑容可掬的少女，花色秀美怡人；垂柳、桂花树、红枫树夹岸而生；河水在绿树鲜花丛下蜿蜒而行，令人心生遐想。真是大自然的一场盛会。

河边不远处，一个篱笆农家小院吸引了我。从柴门进去，沿着条石小路缓步而行，左边是一条涓涓的小溪，右边是一畦绿油油的菜地，菜地边栽着一棵桂花树，前面是一间大木屋，主人正经营一家小吃店。

我要了一碗锅边，边品尝边和店主人闲聊。主人来自连江，在这里开小吃店有一年了，经营多种传统地方美食，有柴火锅边、连江肉燕、连江鱼丸、油条、油炸粿等，其中柴火锅边最具特色。主人坚持原始的锅边制作方法，为自己和客人留住一方乡愁。柴火在灶膛里噼啪作响，水在锅底沸腾，主人用汤勺舀满米浆抵住锅壁，绕锅一周浇下米浆，让锅壁四周均匀地布满米浆，待米浆熟透，迅速铲下至锅中间的滚汤里，最后再将作料放入汤内，一锅美味的锅边就做好了。主人家还带着一个小男孩。小男孩刚学会走路，正玩着一辆玩具车。一家人的日子过得有滋有味。

走出小院的后门，面前是一片空旷的田野。蓝天下，农田青翠绵延；越过农田，再往前，古厝农舍错落有致地散布着。这不正是陶渊明笔下的桃花

乡村振兴

▲ 俯瞰梁厝历史文化街区。陈暖 摄

左海星辰

源吗？我不禁吟诵起《桃花源记》里的句子，"土地平旷，屋舍俨然，有良田、美池、桑竹之属。阡陌交通，鸡犬相闻"。远处，几个工人人手一把锄头在茉莉花田里劳作。这种双瓣茉莉是我国大面积栽培的品种，叶子带尖头，品质较好，花朵肥硕。此外，这里还栽种有绒茉莉、台湾种单瓣茉莉等优质品种。沿着田间往前走，东边还有大片农田，大面积地栽种着波斯菊，远远望去，黄色、紫色、白色、橙色的花朵，云蒸霞蔚，甚为壮观。

在这里，各种农舍、古厝都得到了充分利用，有茉莉花茶制作工坊、大众茶座、花店、婚庆礼仪店等。梁厝村历史文化街区给人们提供休闲娱乐的同时，也产生了一定的经济效益。

一个宽大的广场旁坐落着著名的梁氏宗祠。宗祠古朴、庄重，两侧有高大的封火山墙，墙上的槎头是清代灰塑。正门两边墙上，各塑有一只陶瓷白象，它们脚踏八宝，背驮花瓶、马鞍，取辟邪扶正、吉祥平安之意。梁氏宗祠始建于宋隆兴元年（1163 年），距今已有八百多年历史，系理学家朱熹与挚友梁汝嘉择地所建，朱熹为祠堂题写堂号"贻燕堂"，内设讲学堂。

梁厝村耕读传家传统悠久，名人辈出，如清朝广西巡抚、两江总督梁章钜，沈葆桢的得力助手、著名科技翻译家梁鸣谦等。新中国成立后，梁厝村还走出来两位中科院院士——物理化学家、曾任中科院福建物质结构研究所所长梁敬魁，中国战术导弹重要奠基人、航天工程技术专家梁守槃。"一村两院士"被传为佳话。

"犁锄负在肩，牛角书一束。"我仿佛看见一个少年，右肩扛一柄锄头，左手牵着一头黄牛，牛角上绑着两本书，唱着牧歌走在田间小路上，身后的晚霞把田野染成了金色。

礼乐同辉耀古村

池雪清

初次访你，缘于那座高出云天、秀甲八闽，被称为"世外桃源"的凤凰山。这里有古树奇石、亭台楼阁、宋代遗迹，有衔接闽浙的古驿道，是古代福州学子进京赶考的必经之路。

那时的我，眼里满是秀美的风光，心里满是通古的遐思。

再度寻你，更为那从北宋走来的两位缙绅。那石桥、石碑、石雕及摩崖石刻无不诉说着历史天空下棣萼联芳、礼乐同辉的烜赫荣耀、宦海沉浮和编著艰辛的前尘往事。

那时的你名叫闽清县宣政里漈上。

时隔十八年，我再次走近你，虔诚之心、朝圣之意无以言表。我静默伫立于村口，凤凰山与钟湖山脉对视上千年，参天树和不老藤缠绵悱恻几春秋，感受着你小小身板所承载的礼乐之光，倾听着你回响千年的历史足音，似乎随时都可以迎见长袍布履的儒雅长者踽踽而来。

我依稀看到陈祥道、陈旸兄弟二人在凤凰山上结草为庐，苦读经书；走出古村落，皓首穷经，潜研礼乐。

自幼聪敏勤奋的陈祥道，于宋英宗治平四年（1067年），25岁即高中进士。作为王安石的门生，其学术水平深受恩师的赞赏。后世评价其"礼学通博，一时少及"，学术与人品"为当世推重，不以安石之故废之矣"。陈祥道《礼书》150卷与司马光《书仪》、朱熹《仪礼经传通解》共同代表了宋代礼学的最高研究水平。

少时聪颖好学的陈旸，于绍圣元年（1094年），以布衣身份中贤良方正能言极谏制科脱颖入仕，世称"陈贤良"，官至礼部侍郎，功成古代八大音乐名人之一，民间尊其为"乐圣"。陈旸的200卷《乐书》是世界上第一部音乐百科全书，比西方最早的由德国出版的音乐百科全书《音乐辞典》还早600多年，是世界音乐史上的一座雄峰。

脚步轻抬，眼眸轻掠，我又依稀看到南宋时期与陆游、辛弃疾齐名的著名文学家张孝祥慕名造访你，沉吟徐行于凤凰山，在陈祥道、陈旸读书处题写"起傅岩"三个摩崖大字，并赋七律诗作一首以歌之："欲识东君信去催，古人止渴意思梅。根茎虽向春前发，枝叶曾经雪里开。万木丛中推作首，千花圃内独为魁。高才应是和羹手，何必须教傅说来？"朱熹也心生仰慕，特意前来拜会你，并在陈祥道、陈旸故宅门前题下"棣萼一门双理学，梅溪千古两先生"的名联。

回眸一瞥，我看到"贤良陂"了。村中那条溪流叫雌雄溪，蜿蜒向西，平缓流淌。溪水流经村口处，河床却折转直下，形成极大的落差。在约30米宽的石岩河床上，许多直径在二三十厘米的排列有序的竖式洞穴格外醒目。传陈旸赋闲在家时，目睹家乡农事灌溉用水需求无序，于是便引导下游乡亲兴修水渠，在水头建筑拦水陂坝。水渠修到离村口一里许时，为一巨石所阻，石匠们"望石兴叹"。陈旸见状，立即沐浴焚香，穿戴朝服，跪拜巨石。忽听"轰隆"一声巨响，只见那块高十余米、宽七八米的巨石，从正中自上而下开裂出一道石缝，虽宽不盈尺，却足够清澈溪水汩汩流过。水渠终于修成。漈头岭数百亩良田自此有了充足的水源，年年丰收。后人感念陈旸功德，便把这条水渠命名为"贤良陂"，并在陈旸拜石得泉处上方巨石上镌刻"达泉"二字。这就是"拜石得渠"的故事。陈旸仕则福泽苍生佑天下，退则心牵民生谋福祉，此乃高古之境也。

赤足立于"贤良陂"一青石上举目仰望，一座古朴的石梁桥横跨雌雄溪两岸。我依稀看见客商熙攘，看见人们劳作，看见鸟鸣草长。当年梅邑的商人学子进入省城、北上京都由此经过。这里水流湍急，溪上仅有简易木桥，陈祥道、陈旸兄弟为方便人们安全通行倡导修建了石桥。这座桥是闽清县迄今发现保存最完整、最长、最大的宋代石构梁桥。

溪流水绿，千树花红。古道幽幽，石刻苍劲，惊艳了时光，厚重了历史，更在我心中留下平平仄仄的诗行。

我依稀听到"陈晋之读书法"。村口那株极为粗壮的古藤树，其树藤横跨溪流两岸，是为古藤桥。年少时的陈旸除了与哥哥陈祥道一同于凤凰亭处植梅学习外，最喜在古藤桥上散步。桥上来回一趟120步。陈旸由此领悟，读书认字也应该有个定数，贪多嚼不烂，与其浮光掠影，终无一是，不如踏踏实实，一步一个脚印。遂决定每天认读120字，以求甚解，烂熟于心。小小少年，日日坚持，积少成多，终于学富五车，为日后成才和完成鸿篇巨制《乐书》奠定了扎实的基础。

我听到为人正直、做官清廉、以民为本的陈旸在与皇帝"辩宝"。皇帝说：金银为宝。陈贤良说：盐纸铁为宝。皇帝盛怒之下，降旨斩了他。后来皇帝又下令全国禁用盐纸铁，百姓敢怒不敢言，满朝文武面如菜色，唯有一宫女面色红润，康健如常。皇帝奇怪，逼宫女说出实情：陈贤良死前让她将一包盐缝藏在衣襟中，每日饭后，用舌头舔三下。皇帝听后，大为震惊，这才意识到自己错了，便收回禁用盐纸铁的成命，追封陈贤良并赐金头御葬，为防金头被盗，还为其造三十六个疑冢。人们总是喜欢为民请命、铮铮铁骨、舍生取义的官员。

我听到"十八学士先兆"的传说。陈家高祖陈柄，在一仲夏夜为选址盖屋来到村西的山脚下。是夜，月光皎洁，他寻到参天古柏下的一块大青石想歇息一会儿。刚落座，脚下石洞中便飞出白鹤，一连18只。陈柄大喜。后来，陈家在有白鹤出现的松柏林中起屋居住，并对儿孙期许有加、管教有方。到了陈祥道、陈旸这一辈，陈家出现了"五子四登科""一门七进士"的科场盛事。

莲宅村莲花美

陈其彬

闽清，风光旖旎的莲花山下，有一座山光水色的莲宅村。村前种有大片莲花，夏风一吹，荷叶一摇，一片翠绿，一抹花香飘入怀中，香气四溢。一条廉溪，从莲宅村前穿过，静静地流淌，年复一年，它用甘甜的乳汁滋润着那片片莲田。作为福建省乡村振兴试点村，莲宅因莲花而闻名于众，莲花文化也让古老的传统村落焕发出生机与活力。

一

莲宅村现有人口 1800 多人，大多数是林姓人家。历史上，林氏祖先重视农桑，崇文尚武，孝廉传家，繁衍生息，人才济济。明清朝代，出过将军 1 名，县丞 1 名，庠生、贡生 91 人，以及中试举人 3 名。人文武脉渊源，村庄繁荣兴盛。这与莲宅村林氏开基始祖林子贤倡导"孝廉传家"是分不开的。

莲塘亭边，一丛绿竹苍翠挺秀。相传明朝洪武年间莲宅曾是一片荒滩荒地。与其相邻的七都坪街是梅溪上游最后一个船坞码头，莲宅开基始祖林子贤从本县十四都金沙沃头来此经商，日积月累一笔财富，看中莲花山脚下莲埕一块田畴，准备兴建宅屋迁居。地理先生看后说，这是一块莲花风水宝地，若在此起建立业，日后仕财齐旺。林子贤大喜，立即着手择日开工。不久，便在莲埕建造一座六扇五林氏祖厝。因其后山是莲花山峰，又在莲花地上建造宅屋，遂取其中"莲"与"宅"两字为村名，一直沿用至今，还在祖厝前面和莲埕荒地上挖土造塘，广种莲花，面积十几亩。

林子贤在广西浔州府平南任县丞时，尤爱莲花，赞美它"出淤泥而不染，濯清涟而不妖"的品质，便在自己的府衙一侧，挖土建池种莲，取名为"爱莲池"，以此鞭策自己洁身自好。后来，林子贤不幸积劳成疾，病逝任上，身后无留分文。当地百姓甚为感动，大家凑足银两，不远千里，把林子贤灵柩送回老家，安葬故里，叶落归根。莲宅村从这一历史足迹出发，立足乡土资源，把"孝廉"家风纳入莲花文化，作为廉政教育活动。

二

田田的莲花红如火，真是"映日莲花别样红"。用莲宅村民们的话说，莲宅是革命老区，红色代表五星红旗，代表红色历史，同时也记录着那个风云激荡、汹涌澎湃的革命岁月。

1947年5月，中共福建省闽中特委在莲宅成立闽中游击支队莲宅联络总站，站址设在桂堂厝，并列入中共福建省委地下党交通线站点。后来，随着革命工作的需要，联络总站以七都为中心，又向县内拓展，设立八都（省璜）、十一都（池园）和六都（坂东）等12个联络分站和9个站点，组织周边群众300多人秘密加入地下工作，进一步健全和完善了全县地下工作秘密情报网。1948年3月，春风拂面暖人心。在闽中游击支队的统一部署下，莲宅联络总站下属各个分站成立贫农会，开展抗丁抗粮抗税斗争，有力地打击了敌人的嚣张气焰。

时光进入1949年7月。这个夏天，对于莲宅总站地下革命者来说是个火热的夏天，也是个极其不平凡的季节。随着解放军南下，解放闽清县城战役即将打响，胜利曙光近在眼前。这时，在闽永游击大队长吴盛端的指导下，根据部队行军路线，莲宅联络总站调配人员，及时建立六都、七都、八都和十一都等6个乡村支前分站，为大军筹备粮草。各个分站在莲宅联络总站的领导下，以所在乡村为基础，满怀信心，发动群众，捐粮捐物，千方百计筹备粮食12万多斤，还有大量毛猪、干柴、食盐和马料等物资，保障大军的后勤供应。与此同时，各个支前分站分别在有关沿途路口，组织群众设立茶水点慰问大军，为解放闽清全境做出了重大贡献，书写了一曲英勇奋斗、前仆后继的革命历史篇章。

"前事不忘，后事之师。"今天，我们将依托红色资源，讲好莲宅革命老区故事，推动党史学习教育入脑入心，走深走实。莲宅村党支部特意在村口与莲塘交汇处投资50万元，建起一座占地面积上百平方米的莲花公园。

荷田青青，莲花洁白。进入公园，中间挺立着一块"以人民为中心"的雕塑，格外引人注目。公园四周墙壁的墙报栏里展示着一幅幅以革命历史题材为主的图画，形象逼真，栩栩如生，与园内的"廉政走廊""红色历史""今日莲宅"三个主题板块汇聚成一座"红色记忆广场"。

穿过公园，来到廉政走廊，走过三重门，抬头望见两根廊柱上各塑有一副对联："塘中偏有白洁莲一尘不染 世上本无后悔药三思而行"。在这莲廊里，出污淖而不染的莲花就是以淡泊之心存于世上。"莫怨清廉淡滋味"，它告诫人们，"清正做人，清廉做事，利民利己"。

"现在，这里成为青少年红色教育基地，让更多的年青一代了解到党的革命奋斗史。同时，也是村党支部学习教育的主要阵地。2017年，这里又被闽清县委开辟为全县党史教育基地。"莲宅村党支部书记兼村委主任黄忠新说，每逢"七一"党日活动，村党支部及时组织党员在这里集中学习，听党课、学党史、悟思想。

三

莲宅村历史悠久，文化底蕴浓厚。全村分布有7座百年以上保存较好的古宅，面积从几百平方米到一千平方米不等。同时，村里还有种植芋头的传统。但即使有历史，有文化，有特色农产品，由于一直没找准产业发展方向，村里经济一直发展不起来。2013年，村民的人均年收入3000元左右；2016年，莲宅村还是福州市级贫困村。

既然村名里有"莲"字，为什么不在莲花上做文章，走出一条适合村情的发展新路子？穷则思变。莲宅村主动出击，结合村里传统产业资源，决定从种莲入手，打造莲花产业，搞活经济。

2016年春，莲宅村动员村民把村口闲置的15亩荒地改造成莲田，然后从闽北建宁县引进优质莲花品种，种上莲花，还修建一条旧莲塘水渠，从梅溪上游直接引入活水，灌溉莲田。同时，为美化莲塘周边环境，村里还在水渠上方铺设一条千米长的莲花栈道，从村头一直通向村尾溪莲小学，与村居古厝紧密相连。栈道不仅有利于学生和行人来往，还便利游客赏花观景。

"莲花全身都是宝，莲叶可以制作莲花茶，莲蕊也可以泡水喝，莲藕可炒炸蒸煮。"黄忠新介绍道。这十五亩莲花、莲藕，每年会被建宁县一家食品企业收购，亩产值可达上万元。

丰收的不仅仅是满塘的莲花、莲藕，还有旺盛的人气。村民开始吃上旅游饭。每年的5—8月便是莲塘花期，也是游客到村里旅游的高峰期。特别是周末或者节假日，日接待量有2000人次。还有遍布田间地角一畦畦青翠的槟榔芋田，挤挤挨挨的，就像田间撑起一把把绿色的大伞。农民们脸上露出丰收的喜悦。

历经岁月的积淀，600多年的莲宅村，在实施乡村振兴战略的引导下，借助独特的资源禀赋，蕴育着发展的新动力。村党支部围绕莲花的文化寓意和精神内涵，着力塑造以古厝文化、孝廉文化、红色文化、产业文化和农旅文化为主要内容的"五莲文化"。莲花文化已成为当地一张亮丽的地标名片。

现在的莲宅村，沿着红色历史和乡村旅游两条主线，铺设起以15亩莲花为中心，连接莲花栈道、槟榔芋田、百年古厝、红色历史、莲花公园五大核心农旅景区布局，逐步形成可赏花观景、看百年古厝、学红色历史、品农家美食四者相结合的特色美丽乡村游。人心齐、泰山移，山村旧貌换新颜。2017年莲宅村成功脱贫，并且入选福建省乡村旅游特色村。2019年，莲宅村人均年收入达到1.8万元。

莲宅莲花美，莲宅人比莲花美！

兔峰踏春

唐　辉

每天匆忙地穿行在车水马龙的都市里。又至农历四月，正值春意盎然，然而，春天在哪里？"草树知春不久归，百般红紫斗芳菲"的景象在都市中难以寻觅，不如呼朋唤友到郊外走走，踏春拾趣，消解烦闷。无奈连日又是春雨霏霏，预定的计划想是要泡汤了。一颗心总是忐忑。待到集结出发时，天空依然铅云堆积，像马上要下雨的样子。可是，我们早已按捺不住了，异口同声道："走吧。"在阴霾的天色里，我们直奔兔耳山。

我们驱车不到一个小时即到达闽侯的双龙村，再在这里的渡口乘上铁壳船溯水而上。兔耳山位于闽侯与永泰的交界处，清澈美丽的大樟溪绕过它的山脚，因山头有块状似兔耳的山石得名。比起四川稻城海子山自然保护区的兔儿山，闽侯的兔耳山只能算是一款"山寨版"。这里平日少有人迹。当我们来到山脚下，但见青砖砌就的山门门楣上镌有"兔峰胜境"四个字，两旁有联："山若武夷千仞兔峰映水光　水似阳朔百里樟溪浸山色"。

沿着小径前行，野漆、龙柏分列道旁，像欢迎的队伍；三角梅一团团一簇簇地开着花，像是灿烂的笑脸；鸡爪槭含蓄、委婉，伸出五角形的叶子向我招手；酢浆草自知卑微，它们撑着绿油油的小伞，舒展着紫色的小花，静静地匍匐在大地上……此时，天上落下点点雨滴，不急不缓，恰是——"有时三点两点雨，到处十枝五枝花"。几只小羊羔闯进视野，它们跳起来啃食树上鲜嫩的新叶。我悄悄地靠近它们，在它们跃起的刹那按下快门。

桃树、李树刚刚结出一些小绿果，一定酸涩不堪。但此地却有可口之物。你看，那红红的野果是什么？老林很有经验，熟练地摘下几颗，告诉我说："这是野草莓，很甜。"我疑惑地含住一颗，嗯，果然清甜可口。竹林正在悄悄地拔节，不断有新笋冒出，有人正筹划着给自己的晚餐添上一道佳肴。

循着野径上山，溪流淙淙，草木葱葱。负氧离子充斥着山林，深吸一口气便把五脏六腑荡涤得干干净净、清清爽爽。眼前，瀑布"双龙抢珠"不过是两股小水流的汇聚，巨石"百丈崖"也未见百丈之高，只有那一湾水潭"永通陂"是700年前留下的水库遗址，可算古迹了……再往上攀登，还有飞天神树、黄猴出洞、八仙迎客、兔峰胜境等。我们带着闲散的心而来，也将带着闲散的心离去。山头的那只石兔常年听风听雨、听山林细语、听虫鸟沉吟，此时，它大约早已在风中听到我们渐行渐远的脚步声。

的确，孤山野径的兔耳山并不以它的山水见长。它的高度无法和闽侯的旗山相比，它的风景不能与永泰的青云山对话；此处找不到名人的足迹，听不见悠远的晨钟与暮鼓。但，兔耳山留给我们的却是唇齿留香的记忆，是皈依山林的畅快。

在山脚，我们偶遇刘老伯。在老伯的邀请下，我们一同前往他的枇杷种植园，此行给我们留下了野趣横生的记忆。老伯今年已82岁，他一路上步履健硕，他说自己7岁时开始放牛，后来参军到部队……如今回归山林，承包种植林，不为谋利，只为保持一种劳动者的生活方式。老伯平静而淡然，黝黑的皮肤泛着健康的光亮，他从山林里来，重归山林里去，像山林一般朴实，令我心生敬意。

微雨后的果园清新如画。那些饱蘸汁液的浆果挂满枝头，摇晃着金黄的色彩，摇晃着甜蜜的味道，摇晃着沉甸甸的诱惑。年轻的小伙早已捷足先登，开始忙碌；大伙也紧紧跟上，不甘落后。大家眼在搜寻，手在采摘，嘴在品鉴，山野之中，不拘吃相。奇怪，往日吃枇杷从来不觉这么甜，这是什么缘故？大约由于今天品尝的不仅仅是枇杷，还品尝着踏青的乐趣吧。

这情形令我回想起童年的时光。那时，我家住在父亲执教的学校宿舍里。校园里种植着许多果树——番石榴、杧果、荔枝、龙眼、阳桃……一到夏天，果树就陆陆续续地开花，结出的果实或大大咧咧地随风招摇，或深深地隐藏在枝叶之间。小伙伴们整天在果树下张望、搜寻，有了目标就找来竹竿，或者直接攀上枝丫，看谁下手快。记忆中，有一棵番石榴最为盛产，树不高，容易攀爬，小伙伴们总能采摘到甜美的石榴，杧果最受欢迎，时常还处在半熟的状态，就成了我们的囊中之物；而荔枝树高大，产量却极低，偶然结几颗红果，蝉声中高高地挂在枝头上摇曳，炫耀一般，小伙伴们只能望洋兴叹。

雨点又落下来了，稀疏地洒在枇杷园里，洒在我们的一片笑声中。

我们收获满满，付了钱，谢过刘老伯，便挥手离去。这一天，我们饱览野趣，饱食野味，还有可以当作记忆带走的一碗粉干的味道。午餐时分，老林兴致勃勃地借用景区餐馆的厨房一展厨艺。他仅仅配以生姜、胡瓜、肉丝等作料，再注入甘甜的山泉，却煮出了清新的乡野风味。我胃口大开，连吃三碗，还意犹未尽。

春色空蒙的兔耳山渐渐隐没在绵延的群山之中，站在铁壳船头，我思绪万端——当下，乡村在经历了一番沉寂之后再次发出振兴的号角，兔耳山，一方清新的山水，应该在时代的号角声中，走向振兴。等来年的春天，当我再次来到兔耳山，再遇刘老伯，他的枇杷园应该规模更大了，会产出更甜的枇杷果来……

179
乡村振兴

五彩南岭

蔡立敏

"赤橙黄绿青蓝紫，谁持彩练当空舞。"在南岭，目之所及，全是迷人的色彩。这个位于福清东北部山区的小镇，凭借独特的地理优势与人文景观，激情飞扬地书写着色彩斑斓的时代答卷。

南岭是红色的。在闽中游击队食菜厝纪念馆、陈英烈士纪念空间、国家安全教育主题馆，一张张烈士照片、一件件战争遗物、一幅幅作战地图，无声地诠释着血与火的烽火岁月。今天，新一代南岭人接过信念的火炬，扛起理想的旗帜，把红色基因升华为一种力量、一种精神。拼搏争先、默默耕耘的"三牛"精神，抗疫抢险一线的"党旗红""志愿红"，为家乡振兴出力献策的乡贤赤诚……从未改变的初心与使命引领着新一代南岭人以前所未有的自信与豪情昂首阔步向未来！

南岭是绿色的。南岭犹如一颗璀璨的明珠镶嵌于群山之中。"到处皆诗境，随时有物华"。葱郁的万亩草场、古朴的梯田村落、古老的百年榕树、星罗棋布的溪涧水库……一道道独特的山水人文景观吸引着八方游客。2014年，食菜厝入列第三批中国传统村落名录；2019年，大山村、西溪村、南岭村入选"福建省森林村庄"；2020年，南岭镇完成全域旅游规划的编制工作，为进一步开发提供了科学依据。以大姆山万亩草原、食菜厝为核心，红色圣地、峡谷溪涧、阡陌梯田、古道古迹、古厝古树等旅游线路已初具规模，可以畅想，祖祖辈辈南岭人含辛茹苦守护的这一方生态净土必将成为绿色发展的热土！

南岭是青灰色的。走进南岭的各个村落，漫步在青石铺设的小路上，在

左海星辰

绿荫的掩映下，食菜厝、时光慢厝、大山学社等石头厝高低起伏、鳞次栉比。这些古厝取材当地山中盛产的花岗岩，依山势而建。石头或为规整方形，或为不规则多边形。有的石头或以原貌嵌入墙中；或精雕细琢成典雅的造型。古厝历经百年风雨巍然屹立，透着古朴浑厚的青褐色。轻轻地触摸这些饱经风霜的肌理，岁月的风风雨雨仿佛就在指间奔涌而出。古厝旁、悬崖边，华盖亭亭的参天古树随处可见。面积不足 2.2 平方公里、常住人口不到300 人的西溪村，挂牌保护的百年古树就有 12 棵，长者 500 余岁，少者 100 岁出头，古树比例之高令人称奇。遮天蔽日的绿意下，灰褐色的枝干遒劲恣意、盘根错节，或虬龙般伏地绵延，或似雄鹰直冲苍穹，仿佛正青春年少，毫无沧桑之态。石本是天地造化之物，得日月精华，有"美石本天成，慧眼识天机"之谓也；树乃上苍恩赐给人类的使者，撑一地阴凉，福荫万世。青山碧水间，古厝古木与古道古迹相携相拥，信守着美丽的"木石之盟"，以既古老又年轻的青灰之色把南岭大地泼洒成一幅幅绵延不绝的中国山水画。

南岭是白色的。南岭山川毓秀，人文殊盛。相传理学大师朱熹曾慕名到梨洞游玩，在梨洞水库西的一块巨石上留下"龙津"二字楷书题刻。朱熹还应邀到大山学社、桃花谷讲学。桃花谷犹胜武陵源，足见朱熹对南岭情有独钟。南岭民风淳厚，耕读传家，俊彦辈出。宋代著名理学家、闽学鼻祖、"程门立雪"的主人公杨时，就是南岭文祚村杨氏的先祖。正是发端于独有"龙津""映雪"等丰厚的文化底蕴，南岭人把色彩斑斓的文化解读为白色。白色即"无色"，是一种包含光谱中所有颜色光的颜色，闪烁着道家"无生万有"宇宙智慧，蕴含着包罗万象的气魄与胸襟，意寓南岭人秉持初心、海纳百川，如皎洁之雪，立身树德，求学明理，开拓进取。《福清县志》记载的西溪村一门八进士，三代清廉、八士皆贤的高德懿行，都是南岭的宝贵精神和文化财富。今天，在这片沃土上，耕读传家、济世达人的传统文化，坚守理想信念、舍生取义的红色文化，守护绿水青山的生态文化，助力乡村振兴的乡贤文化，和谐多元的民俗文化……百花齐放，争奇斗艳。

南岭是蓝色的。南岭乡贤馆有这样一段文字："南岭未来发展的方向在海，希望在海。登顶草原，遥望大海，发展的空间海阔天空，南岭的未来无可限量！"海和天是蓝色的，象征博大胸怀和永不言弃，还有广阔的发展前景。南岭的未来就是蓝色的。乘着新时代浩荡东风，新一届党委、政府高瞻远瞩，精心布局，使南岭积极融入福清东部新城和"两国双园"建设，凭借大姆山万亩草原优势，充分整合区域内的自然、人文景观和产业资源，筹划"农旅融合"新项目，开启乡村振兴新模式，展示幸福南岭新风貌。

五彩南岭，未来无限可期！

紫山，那一方土地

王秀春

　　紫山的村名是怎么来的？从地形看，紫山像一条巨龙，当地的祖先们称之为龙山。又由于当地盛产毛竹，村村宅宅都用毛竹造纸，销往邻县各地，附近的人们称之为纸山。龙山境内有很多紫杉树（又名红豆杉），紫杉与紫山谐音。元朝时，有一高官应邀上龙山，途中遥见山上紫气腾起，惊呼"紫山！紫山！"紫山因而得名。

　　紫山位于福建省中部——永泰县的西南边陲的千米高山上，是永泰县海拔最高的一个行政村，群山环绕，绿树苍郁，环境优美，清新空气。五代后唐时期，紫山就有人活动，最早是江氏，以后来了毕、石二姓。到了后汉李氏开始迁徙而至。此后又有黎、丁、叶、张、郑、杨等十余姓相继迁入，人口数量在鼎盛之期有1000多，而且多长寿。为什么人们趋之若鹜来这穷乡僻壤之地定居？一是因为五代十国时期，中原战乱，为免遭灭族株连的厄运，宁愿舍弃都市之繁华、田园之肥沃，避难迁居至此。二是有的人羡慕深山宁静，为了逃离喧嚣，携家带口而来。后来，由于地处偏僻，常遭匪寇侵扰抢掠、烧杀，不断有人移居别处，人口逐渐减少，民国末期不到500人。新中国成立后，社会安定，人口才逐渐增加到800多人。

　　紫山虽然深居山野，比较闭塞，但并不孤独，山路四通八达，可通往各地：往西南方向，下一道岭可达德化县水口镇的毛厝村，东南方向是仙游县柳园村，北连永泰县嵩口镇的赤水和洑口乡。紫山古时就有条山路，可通往吉坑，直达赤水、嵩口、闽清、福州等地。这些古道一路岭长、坡陡、阶高，而且还是石头铺路，行走困难。改革开放后，村民自筹资金修通了盘山

乡村振兴

机耕路。近年，对道路进行硬化。从吉坑盘旋到紫山村，有36道弯，被人们称为"三十六弯"，汽车就在悬崖陡壁上爬行，人望着车窗外，头晕目眩，心惊胆战。

出于对紫山的向往，我在杨老师陪同下到了紫山村，入村见不到稍大的平地。除了村中心位置有个小山坳，其余的民房散落在海拔千米左右的大山的各个角落，安详地在无边苍翠中闪闪烁烁。

这里是戴云山脉，最高山峰海拔1800多米，望不尽崇山峻岭、层峦叠嶂，天空总有白云飘游，云随时转化为雨。多雨多雾使紫山常年保持滋润、潮湿。雾多是紫山特色，雾天一年多达300天以上。雾气肆无忌惮地登堂入室，舔湿所有的物件。农民在云雾里来云雾里去耕云播雨，个把钟头全身就透湿，分不清是汗水还是雾水。白茫茫的雾海像无边无际的汪洋，苍翠的山峰在滚动的雾浪中，像小岛又如小舟在缓缓移动。

粗看紫山处处是绿，恣意尽性，恬静自适。细看紫山绿有千层：浅绿是竹林和茶园，淡绿是农田，翠绿是油茶林，浓绿是树木，墨绿是千年老树。没有人为破坏，树木得以参天，障空云盖，浓光浸绿，把山野间的农舍掩映其间。

紫山遍植多种珍稀树种，那是山里人精心栽培出来的。500多株红豆杉散落生长于山野中，深秋时节满树红豆果，像燃烧的火把，煞是好看，顽皮的小孩像猴子似的爬上树摘红豆果。走进杨氏祖厝龙山堂，不能不放慢脚步，因为不敢惊醒那恒久的宁静。左前侧墩面，杨氏祖先在这里种植一片"风水林"，红豆杉20多株，柳杉10多株，红木丝楠多株，有的树龄有上千年，有两个成年人合抱粗，伟岸挺拔、雄奇壮美。疏漏的阳光在树林间跳跃，风穿过茂密的树枝似乎在低语，时光仿佛在这天地间停留。

"山不在高，有仙则名。水不在深，有龙则灵。"一座闻名遐迩修葺一新的杨氏祖厝龙山堂，给人庄严、肃穆和稳重的感觉，我自肃然起敬地仰望着它巍峨的身姿。它稳坐山麓，屋后苍松翠柏，建筑考究，左右对称，棱角分明，富有闽中建筑艺术特色，闽赣省委曾设在这里，如今被辟为福州市党史教育基地。在那革命战火纷飞的岁月里，闽赣省委领导在此运筹帷幄。我眼前浮现老区人民和革命者与敌人战斗的情景。绿与红是紫山村的主色调，这种红是血洒大地染红的颜色，是英雄们无惧无畏用生命染成的颜色。

1935 年 5 月，中央红军长征后，屡遭挫折的闽赣省工作团和武装部队撤到紫山上时，又遭到德化、仙游、永泰三县的国民党保安团的围追。敌人把整个紫山团团包围起来。300 多名革命干部、战士被围困在紫山上，没有粮食，缺乏弹药，随时都有被消灭的危险。省军区领导人宋清泉等被这险恶的战争环境吓破了胆，动摇了革命信念，暗中策划叛变投敌。闽赣省委书记钟循仁同闽赣苏维埃主席杨道明交换意见后，决定带领部队立即向山顶转移，与敌人展开周旋。

部队刚到山顶，山下枪声大作，敌人开始包围上来了。省委工作团全体干部、战士奋力抗击，终因寡不敌众，当场牺牲近 20 人，被捕 10 多人，钟循仁和杨道明等 9 人因隐蔽在大森林中没有被发现而幸存下来。

1942 年至 1949 年，黄国璋、林汝南、苏华、毛票等带领游击队转移到吉坑、紫山，大多隐蔽在碧石、半林、溪里一带，与当地群众一起开展游击战争，建立革命联络站，位于紫山溪里李家祖厝的继美堂成了革命联络点，支持了福建省委的革命工作，保护了他们的安全转移。当地群众为游击队运送物资、粮食，并帮助引路、望风和报信，杨信铨、杨银树、杨起梅、杨铨庭、杨文隆等五位青年也因此献出了宝贵生命。现在福建省委溪里联络站旧址已被开辟成革命纪念室，供游客参观学习。

昔日的烽火硝烟早已散尽，空气中满是芬芳迷人的花香，柔柔的微风迎面拂来，龙山堂、继美堂屋后的松柏依然常青。

乡愁落处起春潮

汪雪芬

早前听一朋友谈起省璜，他说一定要去看看合龙桥，合龙桥独特的制式结构仅在《清明上河图》上见过。言语间，他似已魂归故乡，正倚栏远眺，看草长莺飞，观鱼龙潜跃。那深情的眼眸令我不禁心生向往。

我终于看到了她，在田园阡陌之间，潺潺溪流之上，青色发髻上插着一燕尾飞翘之簪子，一如温婉的江南女子，娉婷袅娜，清丽优雅。宋元的风雨、明清的波涛沧桑了她的容颜，却消弭不了她的意志。那纵横梁的别压穿插坚强了她的躯干，坚实了她的内心，使她久经风雨却安稳如山。她为村民遮风挡雨，提供登科庆贺、休闲娱乐的舞台。桥是永恒的"渡"，她的精神绵延于青山碧野之间，滋润着乡民的心灵，化育着八都十都百姓的品格：郑克承救贫济困，带头修桥铺路，积德行善；卢家兄弟秉公判案，为官一任，造福一方；张昌龙修枪造弹，广播军工火种，为革命胜利贡献力量……山乡子女通过她，走到了美好的彼岸，走出了辉煌的人生。

凭栏凝思，感徐徐溪风，听流水潺潺，闻啁啾鸟鸣。我看到那八都十都的人民，背上竹器、带上干粮，上坂东、下县城，收获辛勤劳动的果实；我听到欢快的鼓乐、老人的欢笑、儿童的嬉闹……一切都昭示着希冀与幸福。她静卧梅溪，从容安详，凝眸微笑，渡人前行。

一声呼唤——我们去娘寨吧，我才回过神来，那可是我国唯一一座由妇人独立主持建造的古堡！我只知宏琳厝由药材商人黄作宾始建，四乐轩由贡生刘士杰建造，岐庐由九江知府张鸣岐所建。闽清的这些古民居建造者，或官或商，皆是功成名就的男士，哪有女子主持建房的。那究竟是怎样的奇女

▲丰收的田野。 刘燕 摄

子？怎样的一座古堡？我不禁心驰神往。

　　约行半个小时，我终于看到了静谧山林中的一座古寨！深邃苍穹之下，茫茫群山之中，那青灰的屋瓦，斑驳的石墙，见证着三百年的历史沧桑。那一石一瓦，一梁一椽，展示着张氏祖母郑春娘的坚韧与顽强；那屋面的鹊尾脊，弧形的寨角，勾画出主人的通达与智慧。不知当年，惨遭土匪洗劫、只剩十岁孙儿与之相依为命的春娘，是如何坚强地兼顾炭行的生意和田地租赁，有何等的勇气改建已成废墟的洋尾寨，以怎样的智慧指挥众多工匠修寨堡、兴家门，以怎样的坚韧哺幼孙、承家业！眼前的这座宏伟的石寨便是答案。看那高高的石土墙雄立在苍茫的天空之下，长长的石阶从地面向上攀升，大块的溪石砌起牢固的大门，厚重的门板守住第一道关卡，巍峨的古寨坚如磐石，正如伟大女性那力挽狂澜的心劲。感慨那32个可御敌的漏斗形小窗，惊诧于108间暗合天罡地煞的房屋，盘桓于二楼沿外墙一圈的走马弄，深感春娘保护子孙之用心良苦。徜徉于厅堂、厢房、书房，穿梭于相连的回廊，惊叹建筑的神工天巧。建筑是凝固的艺术，古宅是无声的史书。

　　出了古寨，登上观景台俯瞰，娘寨屹立山间，三面群山环抱——是春娘老人安坐太师椅凝望前方，希望子孙后代勤勉持家、崇德向善、幸福绵长。

对面柑橘满枝，山下金果飘香、油茶遍地，那是子孙后代、乡里乡亲对春娘老人的深挚怀念。

伴着春娘凝望的目光，我们沿溪而走。突然，一只硕大的黄鸭跃入眼帘，它蹲坐路旁，憨态可掬，似在欢迎着十里八乡的游客。拐过一个弯，突见一开阔处山林环抱，一水中分，众鸭横游。房舍俨然，鳞次栉比，多彩墙面，缤纷时尚！水面上，小黄鸭围着大黄鸭，游人划着小船自在悠游。桥面上，3D画面的蓝天白云、奇峰险壑，吸引了不少游客体验着飞渡云端、横跨巉岩的惊险。广场中央，造型各异的"小黄鸭"映入眼帘，原来是电话亭、服装店、小火车，不少游客在排队体验；一排排摊位前，香糟鸭、爆米花等香味四溢，诱人味蕾。广场周围的墙面上，一幅幅立体3D图画映入眼帘：牛儿犁田、农民插秧、魔幻天梯……充满诗情画意，如梦似幻。孩子们傍着犁头学耘田，青年们蹲下身子试挑担，姐姐们伸长手儿要磨豆，老者们滔滔不绝做讲解。看着这些家用工具、农耕场景，我仿佛回到了儿时：烈日下汗涔涔地收割稻子，夕阳中瘦小的肩膀挑起一担粮食；平日放学之余养猪喂鸭，周末带上柴刀上山砍柴……抚今追昔，我心中油然升腾起无尽的幸福感。这一代人的忆苦思甜，下一代人的文化传承，就在美好轻松的环境中进行着。

合龙桥、娘寨、前峰村，记载着省璜过去的荣光与梦想，集聚着八都人的勤劳与智慧，如春娘自酿的青红酒，醇香悠远，让人沉醉其中，流连忘返。

莳田鼓乐

莫 洁

"谷雨前，莫莳田；谷雨后，莫种豆。"谷雨时节，我想起了古老的莳田种豆农谚，耳边响起了欢快激昂的莳田鼓乐声。

"大人祈莳田，小孩盼过年。"过大年，放鞭炮、穿新衣、吃大肉、喝甜茶、收红包是孩子们的最爱，却不知这一笔开支是大人身上的一副重担。这副重担只能在莳下的绿色希望中如释重负，遇上好收成则可过上一个"幸福年"。

"莳"，《说文》曰，更别种也。把育在秧厢上的秧苗移到塍畎种植，是一项技术活。有顺口溜唱得好："一株小秧苗，三指轻轻捏，用力要适度，才能棵棵活。"

儿时我也莳过田，但莳出来的秧苗无经无纬，父亲戏说我在布"水蛇阵"，并教导我，莳田时要做到"心正、身正、行正"。心正则不慌，身就自然正；身正影自直、行自正，莳出的秧行也就能成为一条直线。反之，心怀虚念，不踏实，不坦然，左顾右盼，莳的秧行也就歪斜了。当时我听得一知半解，长大后读到"意诚而后心正，心正而后身修"，方知父亲的教诲出自《礼记·大学》。现在想来，这不正是先哲经典的活用吗？

有人双手笨拙，一生都学不会莳田，六尾叔就是。他莳下的秧苗，不是漂浮起来，就是根部被捏得太死，发不了根，秧苗转不了青。每到莳田季节，他只能帮人扯秧、抛秧，再请人家帮他莳田。有人笑他说："六尾啊，自己田，别人莳，做德嗾！"所幸六尾叔的嘴利得很，毫不示弱地还道："谁莳我的田，我就扯他的秧。"由"好把式"莳出的田，"横竖斜皆成一条线，里外中都是四方框"，不但看起来养眼，禾苗成活率高，而且空间布局

乡村振兴

均衡，营养分配合理，利于庄稼生长。

"笠是兜鍪蓑是甲，雨从头上湿到胛。"诗人杨万里在寒冷的细雨中，目睹了农民紧张的莳田抢播情景，发自肺腑地感叹劳作的辛苦。遍地蓑衣勤耕耘，明朝稻花香醉人。收获的希望冲淡了莳田劳作的艰辛。为了驱除疲劳，农民们唱起了莳田歌："阿哥莳田妹扯秧，扯下秧苗阿哥莳……"

从前，生产力落后，庄稼收成更多的是"靠天吃饭"。为此，每年春季莳田前夕，家家户户都得捣一大臼糍粑敬拜天地，祈盼一个风调雨顺的丰收年。村里还会开展莳田比赛，最快最好莳完田的生产队可以吃到失败队捣的糍粑。为了取胜，各个队都由"好把式"开莳，其他队员紧跟其后，一些队干脆牵绳定位，先声夺人，夺取质量第一关。塍岸上，小孩子们轮番擂鼓助阵，队员们你追我赶的莳田场面十分壮观。儿时，我的节奏感不错，多次被选为擂鼓手，十分自豪！特别是自己所参与的队获胜时，更是激动得忘乎所以。

昨日，我偶然在县里举办的农耕节上听到了那久违的激情澎湃的擂鼓声，看到曾经那个热火朝天的莳田比赛场面，顿觉精神抖擞，不禁想起了儿时莳田的往事……

▲春耕开犁。 陈暖 摄

行吟福州

无诸：开闽第一人

叶发永

越国没了
精魂还在
三千越甲就站在你的身后
挥拳，低吼

山河已破
那就再做一位苦心人
把筚路蓝缕栉风沐雨
把开疆拓土
当作又一种卧薪尝胆

苍苍闽山，泱泱闽水
妖娆了千年
荒芜了千年
在等待一个人

爱一片疆土
就像爱一个人
把心给她
把名分给她
把安定富足给她

兵出中原，破秦灭楚
是开基立国

左海星辰

头戴冠冕，南面称王
何尝不是最庄重的承诺？

筑一座城
筑进英雄气概
养苍烟巷陌
人间烟火

蛮荒了千年
孤独了千年
闽中故地第一次动了感情
将一个人
感激了千年

一江闽水

冀星霖

1

那么多的山涧溪流，从武夷山启程
流泻林间，漫过石崖峭壁，河道蜿蜒
水口镇外，你却是彼岸的水珠
当时，太阳正好出来
你的脸蛋红扑扑

一滴小露珠落进闽江之中，涟漪一环一环
那么多的小水珠，都是圆形的吧
带着花的馥郁，蜻蜓薄衣霓裳追逐而来
你大约是榕树枝头的云朵，乘着清晨雨丝
跳在浪尖上，笑靥浅浅

2

流经榕城，闽江放慢速度
在螺洲宽敞的水湾，我发现你浮波苍凉
黄澄澄盘旋的，是你沉陷的梧桐叶子
雷雨之后，你的水流些微浑浊
我猜测深水之下，游鱼的话语夹杂着乡音

▲ 闽江水暖。 陈扬富 摄

归来门楣旧巢的燕子呢喃如故，走三坊七巷
和往年飞身离去时同样年轻，黑白混搭的衣裳

翌日，如果另一座高速斜拉桥横过你的江面
桥墩间的灯盏，是我填写新词，说你四时烟波

3
在你的两岸，冬天白茫茫，鹫峰和戴云
千万朵雪花飘扬，我却只认定其中的一片
头戴你喜爱的六角形太阳帽
她的枝蔓是你海上堡礁珊瑚枝丫的形状
迎迓海风，你蔚蓝的海浪远远连接天空

在你的两岸，于山、乌山和屏山鼎峙
海港与空港向远方延伸：前世，琅岐洲，埠头

你的小楼灯影，投在我的拴马桩上
当我来归，羊皮壶里盛满峡口的急流
你剪烛的手指颀长，俨然江南撑船的竹篙

我还遴选紫竹削制洞箫
借助六个音孔演绎你飞自天涯，闽江海口明月生

4
我自居无定所，闻风追逐，马尾海口宽阔
如果你云卷云舒，我会在武夷南坡围篱
豢养梅花鹿，每天俯首啜饮你的溪流
当你流经这里，我将沙鸥翔集
撩拨芦苇荡，沙啦啦应和你的雨季

汽笛呜咽转身，是我怅然挥别
你看！烟波遮蔽的晴空之上，懒云如卧
在另一个渡口，冰霜覆盖粗糙的台阶
我早已离城远走，广场上空纸鸢飘摇
镂空的石雕斑斑驳驳指向海上丝路

再见时，闽江缠绕你阳台下的街岬
我迷恋的两岸，华灯继日照耀你的波涛

诗意榕城（外一首）

孟丰敏

我是福州

我是诗

我是有故事的榕城风景

你可曾爱我如诗

可曾恋我如画

不要再徘徊

来我的怀里吧

我有一把牛角梳

等你三千青丝及腰

我有一把油纸伞

撑起你心中的诗意榕城

我还有一丝被茉莉氤氲的乡愁

为你绣染芬芳

我留给你一座城

一生一城只为你筑梦

所有的山山水水

都是我欢迎你的见证

所有的春暖花开
都是我爱你的时光

你不来，我要为你写诗
你再不来，我要为你落花飘雪
还要铺满一湖的秋色月光

福州，诗意榕城
你何时不在我梦中

闽江夜色

心被江边的摇曳灯光
照亮
隔着百里
映出了一个人的名字
他的名字是一座城
一座有金色光芒的城
刻在千年榕树的木色里
从万寿桥、中洲岛到苍霞洲
河面涌动着点点滴滴的金
轮船在水上像摇篮
柔情蜜意地载不动一句乡愁
也漾着金
那刻了万寿名字的虹桥
和月色一样透明

也漾着金

河岸高低错落彩灰相间的厝

压成一整块黑色发光的丝绸长缎

裹着金色的夜

人们睡着了

做着金色的梦

来不及陪你看完左边的河与右边的街

月亮已送我到家门口

我们轻声告别

你说九天云外的福华

眷顾保佑这座城

我回头

闽江上的夜色升起了诗意

▲西禅寺夕照。陈暖 摄

向海而生

王春燕

有福之州的海风
吹开海天一色的眉宇
留下的盐粒，足够给无数飞鸟喂食
光年之下，错乱的影
扑棱棱地、喧嚣地越过彩虹
栖息于春暖花开之地

▼赶海。刘燕 摄

左海星辰

天鹅、白鹭

黑脸琵鹭、中华凤头燕鸥

黑白分明，映入眼眸又色彩斑斓

晨曦很甜，夕阳仍暖

海洋的粼光闪耀着梦的风帆

如蝴蝶蹁跹，折叠时空于无限

美丽的褐绿之城向海而生

一蓬蓬潮汐裹着蓝眼泪，正在热烈翻涌

三坊七巷简史

袁斗成

我从来不会一个人给出尊崇和敬意
锣鼓喧天　高头大马经过牌楼就会一醉不起
那个提着小橘灯的女孩迎接着芬芳诗意依旧年轻
踏上青石板诘问心灵的距离
绺绺新芽甚至苔藓从马鞍墙脱颖而出
有福之州的春天万里挑一
总会捎上些许娟秀　儒雅　古朴　厚重给三坊七巷

就像一砖一瓦与乡愁等高
递一把刻刀给岁月
汗水的余温凝结了心血
在岁月的长卷上精雕细琢共同的家园　共同的情感
三山藏　三山现　三山看不见
大胆亮出智慧的光芒点燃了精神原乡

再提一盏花灯从南后街出发或抵达
就像风清　水清　音清从来不会白来
深宅大院指引了爱的方向
脚步声声　清香缭绕是亲情的集结
穿街过巷与文人墨客深情遇见

乡音乡韵贴着嘴唇

即使迷失了也会豁然开朗

金碧辉煌　雕梁画栋　亭台楼阁挂着朴素的烟火气

古韵遗风把家风　族谱背得滚瓜烂熟

精于诗词书画的才女种下一粒种子

春风徐徐　春光灼灼　秋叶金黄

一叶羞涩惊艳四座　侧身的仪态万方和解了风流浪漫

擦拭衣锦坊　文儒坊　光禄坊的胎记

一端砚　一支笔　一页纸惊动了车水马龙林立高楼

萃取留取丹青照汗青的千古绝句

放鹤的林则徐　心照不宣放飞忧国忧民的情怀

红荔似海一遍遍卷土重来

殉情的男女感动了天地日月　所有身怀绝技的爱情拒绝疏离

▼宫巷。陈暖 摄

就像我们簇拥着世纪老人吟诗作赋

水有灵性　声光水舞　水岸月影轻轻晃动了映象

朗官巷　塔巷　黄巷　安民巷　宫巷　吉庇巷接受风雨微醺

站着不动就是不可动摇的碑刻

福建水师　南洋水师操练了用坚强塑造的脊梁　固若金汤

街有多深　就有多少诗行喷涌而出

一把铁壶煮沸的春秋　山泉水与茉莉花细语呢喃

花鸟虫鱼　福禄寿喜都能表达自己的心声

落日余晖里有沈葆桢　严复的谈笑风生

就在海上生明月的光泽里　用佛跳墙挑动舌尖上的福州

三坊七巷很小　轻启时光播放机能够还原一部简史

三坊七巷很大　装下刀光剑影　灾难深重　爱恨情仇　剪辑了灵魂碎片

走过来　走过去

吱嘎打开的木门传出了父亲的呼唤　母亲的叮咛

我双腿跪倒在地　早就纸短情长　或喜逢人间值得

左海星辰

闽江之心

苏 忠

只要有心，目光所至，皆为年轻
风裂开，此刻，闽江之心在水岸
不舍昼夜的浪花
重新定义了逝者如斯夫的空间形态
借助摄影机、摄像机、手机
阐释水流花开的碎片时光
是怎样的一路尾随年轻并认领冲动

▼闽江之心青年桥。陈暖 摄

榕城，蓬勃的前程

何艺勇

1

风吹醒一片桑叶
叶脉清晰，绿意盎然
一棵棵古榕树
如春蚕，被大地和人气养壮

三坊七巷，交错如网
石板条密密如丝
编织出了一个古老神秘的巨茧

挤进茧的人，都遇到了
沧桑处雕花一样静坐的蛹
钻出茧的人，心里都有一双
飞过马鞍墙的翅膀

一进一出，飞越了千年

2

石头成鼓，瀑布成旗
旗山鼓山，旗鼓相当
站在岁月深处偃旗息鼓，各自静好

鼓擂旗扬，旗升鼓响
一东一西，一左一右，互相照应

曾经鼓馁旗靡
而今，鼓擂出响雷，旗摇出闪电

茉莉花站在夏天的枝头重振旗鼓
——花身是旗影，花香是鼓点
千里提士气，万里振民心

3
文字跑上石头，石头跑上鼓山
水跑进瀑布，瀑布跑进闽江

黎明跑进白塔，黑夜跑进乌塔
飞机跑进航空城，高校跑进大学城

平安跑进福州，温暖跑进榕城
蜜蜂跑进茉莉花心，鸟鸣跑进榕树荫

它们正在祈祷——
祈愿奔跑的万物都有榕城一样蓬勃的前程

儒洋，奏响新农村建设的乐章

林德来

一条县道用一根引线
串联起三百多户儒洋村
形如一挂喜庆的炮仗
从村头走到村尾
诸多往事如数家珍
被我们重新燃放一遍

第一声，余音缭绕
连江唯一探花府，喜挂眉梢
第二声，划破夜空
邓子恢递过火种，薪火相传
第三声，振奋人心
千亩油茶凝练出袅袅清香

七声、八声、九声……
鼓点奋进
奏响新农村建设的乐章
战栗，呐喊，蜕变，绽放
村尾那段上坡路
向我们昭示

——奋斗没有休止符

登顶瞭望台
草木葱茏，江山多娇
春光，一泻千里
三尖峰，拔地而起
如冲天炮
铆足劲，直上云霄

不必远方

陈月映

日子以太阳的一天天苍白

提醒着八月的余额不足

没有蓄谋已久

只弱弱地说

抓紧看风景吧，不必远方

不必远方

黄昏时登上白云观顶

以思接千里的视角

俯瞰山海浩瀚

以一盏茉莉的清香敬畏日落壮美

不必远方

夜幕降临前走向阡陌

剪辑秋蕴的不可言说

为归圈的羊群放牧一曲《乡间小路》

定格秋千上

朦胧如少女的背影

与星空细语

演绎一曲曲流年深情

左海星辰

不必远方
黎明前奔向大海
用一眨不眨的双眼期待
迎接喷薄而出的旭日
金光四射的何止太阳
还有那云蒸霞蔚中的
生命欢畅

不必远方
我们见证日出又日落
用完整的二十四小时
把家门口的风景都看透

幸福的秘密

俞云杰

等我到了福州
和煦的阳光，就上线了
从梅峰山地公园
走上弯弯曲曲的"福道"
透过镂空的格栅板
脚下、左右都是林木
身旁随处可见树冠
仿佛"人在森林上空行走"
福道旁的水杉林
已经蜕成浪漫的绯红色
如画一般的冬天别样美丽
我身陷福地无法自拔
风，吹我下了金牛山公园
仿佛在诉说着幸福的秘密

左海星辰

站在榕城青春的起点

黄鹤权

当我说出福，镜头被重新打开
声音长满羽毛，众鸟成群，响彻在一月的榕城
我看到山高月小
烟花对小巷悄悄诉说
炊烟被金门高粱和腊肠熏浓着，疗治乡人的伤痛
另一边，灯笼也不甘示弱
在半空中为三山布置着盛世的光
红色主宰了一切

哪怕天色已晚，还是藏不住烟火气和拥挤的人群
他们举着红，咯噔一下
变换着古老的姿势
擦亮城乡的花样年华和一对老人急切张望的眼神
他们逼得旧日子又向后退了一步
给我们腾出更多垂涎欲滴和乡愁
我一直在看，慢慢也嗅到了年的味道
我知道，该停下来过年了

当我说出福，宝岛乌云洒出雷霆
耀眼的光芒已充斥在我生活的比喻中

从二十三开始，我就交出了年味这个词

我在其中，过着三代人饱满而有序的集体生活
更具体点
就是农历二十三，领着春风排成序列，贴上红对联、红窗花
除夕，接过父亲手中一沓纸钱
吃年饭、看春晚、燃起火星贴着地面奔跑
被一双午夜的手散去胸中块垒，反复温习爱的味道
大年初一，唤醒愿望的灯芯

见面互致问候
说一声过年好，合成一张全家福
初二，卸下负担，陪妻子踩着晨光回娘家
初三，蒸好年糕，陪财神游街
哼一曲《难忘今宵》
初四到初七，推开一道道门
拿着年货，祝福，或旅行，或拥抱
再问短问长，问得呀
短的也烫，长的也暖
问得日子一天比一天更喜悦
温暖，闪烁晶莹，结实……
恰似一块灼热的钢铁骤然淬火

当我说出福，最后一笔停在八闽大地
我想到了福州

围着篝火，所有的情绪都高兴起来，越烧越旺
我承认，有福的城成千上万，只有你

左海星辰

能够指认，而且万无一失
正是因为有你做靠山，有庄严的红色托底
我才走上福道七步成诗
对三坊七巷喊出历史之源
才能从容不迫唱起生活的童谣
在一张张笑脸上

最后，我亲爱的农历里的祖国红
请允许我一直继续写
允许我以醒来的方式
年年不断地呼唤——
说爱你
并在心坎上贴全那个"福"字
任由欢喜的影子悄悄，悄悄长出来一本怀乡诗集

滨海新城，锦绣画卷与诗意蓝图

黄延滔

1

夜宁谧，灯火在修饰新区里的繁华

而回家的路，宛如铺设好的思念

承载着都市的忙碌与幸福

居滨海新城，拥有五彩缤纷的梦境

如歌，如雾，如露珠栖在花蕊之上

透明，纯真，晶莹——

我拥抱着月色寂静，也享受着寂静月色

没有人知道，我在靠近滨海新城的刹那

宛如一只飞鸟，栖落在鸟巢，安详而温暖

2

水，最了解我内心的真实想法

尤其是大东湖的湖水

我安心于这里的宁静

在夜色中，找回情感的本真

一颗心在湖水里游弋，更是为了寻找碧绿的隐喻

水，滋润着心灵的旅程

大东湖的湖水，颐养着滨海新城的一方梦境

是的，怀揣着大东湖这块碧绿的翡翠

滨海新城，除了拥有贵气

还拥有着如意家园投影的福气

而我，被贵气和福气所感染

驻足湖边，居然幻想着自己可以成为一尾游鱼

畅游在大东湖，畅游在湖光水色之中

▲长乐滨海新城东湖大数据中心。陈暖 摄

闽江谣

阮宪铣

看见江就想起上游的水

因为"君住长江头，我住长江尾"

有一条江，回溯为荆江、川江、金沙江、通天河、沱沱河

就像我所在的这条江

往上为建溪、富屯溪、沙溪

由下尤溪、古田溪、大樟溪

有名字的，没名字的

提起来，像极一棵树，根须蔓延

源源不断提供营养和绿

一条水路

自古运来粮食、木柴、粗布……

尤其让我不安的是

它在这里特意为我拐了一道大弯

匆匆而来

未挽留几秒钟，又滚滚东逝

它是闽江——

我们的母亲江

左海星辰

冶山春秋园

亦 舟

一座冶山，一潭欧冶池
他们默默相望两千多年
古榕、曲径、崖刻、剑光亭
点燃冶山春秋园绵延的诗絮
风拂池水，泛起了平仄和韵律
上阕是古越汉唐，下阕是晚清民国

一座隐藏着昔日荣光的古城
镌刻着一卷沧桑的闽地史诗

当欧冶子铸剑，泼水淬火
闪烁着闽越王无诸铁血雄风的壮志
当晋安郡严高太守扩建冶城
护城河边的城隍庙拔地而起
当唐刺史裴次元登山赋诗
马球场上响起盛唐的喧嚣

晚清民国，名将贤士跫音悠长
孙中山曾在冶山脚下慷慨演讲
海军元老萨镇冰，在冶山上

笑傲三山、扶剑长啸……

历史的烽烟留下厚重的印迹
星辰燃烧的焰火依旧传承
它如一粒种子埋在冶山春秋园

当我步入这片土地，抬眼处
镇海楼在屏山上
榕城风调雨顺

▲在冶山春秋园里玩耍的孩子。 蒋文洁 摄

左海星辰

礼　赞

燕　子

因你之名
有了榕城美称
羡你丰姿
铺展独木成林的人间盛景

柔柔榕须垂倾城
传递着风雨不摧的箴言
悠悠闽水盈盈间
托举起万千子民的福祉

因你之名
扬帆海丝文化
读你深情
沐浴拔节孕穗的希望

是蓬勃发展的执念
是海纳百川的胸襟
是对抗艰难的勇气
是跨越时空的成长

▲一江春水。 陈扬富 摄

因你之名

谓之有福之州

踏你之歌

共赴风驰电掣的时代潮头

遇见你

琴台欢歌安居乐业

邂逅你

打开蓬门春色满园

因你之名

谓之海西经济区中心城

扬你美誉

谱写冶城新篇

左海星辰

聚大爱三分
一分好客一分热情一分慷慨
守东南海疆
一分无畏一分胆识一分智慧

万里烟波有了你
灯塔璀璨帆影锦绣
千江明月有了你
大江东去壮美如画

古堞斜阳荡涤着潋滟流光
茉莉吐芳氤氲了千秋烟雨
鸣笛起航归帆泊岸
马江欢歌清风逐浪

让我们一起
斟满幸福的美酒
为榕城献上最真诚的赞歌

福泉之咏

刘　燕

土地赐予你升腾的生命
水涌澎湃浩瀚晶莹
勃勃跳动的火热的心
欢呼葱茏的气息
拥抱太阳光瀑
诵颂大地生的希望
点滴精灵
汇成甘甜醇厚的乳汁
昼夜哺育榕城

四季描绘你如画的风景
游鱼悠悠水草轻弋
蓝天白云翠柳飘逸
波光粼粼
荡漾动人的风姿
清澈明丽
搂住满襟的诗情雅意
映照奇妙人间仙境

岁月追逐你奔涌的韵律

"咕嘟"清音袅袅升起

激昂欢欣奔腾不息

小鸟飞旋

踏着浑厚节奏舞步轻盈

满怀激情的泉池

洋溢潺潺柔意

蕴藏深情的款款心语

绽放美好诚挚祝愿

于是——

你成了一首诗

一幅美画

一曲乐章

激越腾涌

一颗感恩的心

蓬勃着大自然的盎然神韵

一座向海而生的城市

雨　花

福州，三面环山、一面向海
闽江、乌龙江穿城而过，浩浩荡荡奔向东海
福州，一座向海而生的城市
一座滨海之城、山水之都

城内，三山鼎峙一水长流
30年来，治河护水，山做脊，水为魂
换得闽江沿岸青山叠翠、碧水东流
湿地芦苇飘荡、候鸟翩跹
闽江各支流画舫游船，百舸争流

三坊七巷、烟台山、上下杭古韵悠悠
还有那长长的蜿蜒迂回的福道
串起一座座山峰、连起一条条河流
福山郊野公园的智慧步道绵延数百公里
绿道飞架，漫步其间，看山、望水、走巷
伴着鸟鸣、花香，林梢的山风阵阵
那1500多个公园使得满城绿荫忆乡愁
福州，成了千园之城、宜居之都

左海星辰

▲潮连江黄芪半岛船长之家。 陈暖 摄

30 年拼搏，成就中国数字经济之城
数字福建产业园，中国东南大数据产业园
福州软件园等高新技术园区聚集上千家企业
福州数字峰会，使多少家百强企业开始崛起
各大商圈、购物中心遍地开花
东街口、东二环、万达广场、爱琴海、海峡金融街
福州万象城、高新区正荣财富中心等
都在述说着福州"云大物智链"的辉煌蜕变
"振鲍 1 号""振渔 1 号""定海湾""泰渔"等
越来越多深远海智能养殖平台诞生
福州的"海洋牧场"越发亮眼迷人

福州乡村振兴的步伐也铿锵有力
从建二环路、三环路再到四环路
一个个美丽乡村的建设也从不懈怠
如今县县通高速、镇镇有干线

村村通客车，条条道路送你天涯海角
那无数的美丽乡村也像璀璨的珍珠四处散落
他们见证着福州乡村的华丽蝶变
如今，刚开通的地铁六号线载着新的希望
将携福州"闽江之心"，跨步走向世界

左海星辰

在春天遇见你

林兆全

在春天，我只需要一个暗示
重新回到自己的内心
我需要一个人安静下来
不再寻找青草的来处
也不用苦苦冥思马匹的命名

那曾经一路飞奔而去的梦想
熬白了无数少年的青丝
我常常以水的名义靠近
并以陶和火的理由获取温暖
直到在春天遇见你

我把所有对自己对世界的执念
毫不迟疑地交出
一丝不挂地面对灵魂
如同过往的日子无可把握
明天同样不属于未来的我

梦醒的春天有时像极了一场偶遇
好在可以趁着光阴尚早

我不惜惊动一树的阳光和鸟语
推窗启牗，烧水煮茶
以饱满的热情开始一天的劳作